聪明的狐狸

【美】吉姆·凯尔高◎著

陈佩 李小玲◎译

江西高校出版社
JIANGXI UNIVERSITIES AND COLLEGES PRESS

图书在版编目（CIP）数据

聪明的狐狸 /（美）凯尔高著；陈佩，李小玲译 . —南昌：
江西高校出版社，2016.3（2020.6 重印）

（国际大奖动物小说）

ISBN 978-7-5493-4137-5

Ⅰ . ①聪… Ⅱ . ①凯… ②陈… ③李… Ⅲ . ①儿童文
学 - 长篇小说 - 美国 - 现代 Ⅳ . ① I712.84

中国版本图书馆 CIP 数据核字（2016）第 052565 号

责任编辑 易建宏 黄玉婷
装帧设计 罗俊南

出 版 发 行	江西高校出版社
社 址	江西省南昌市洪都北大道96号
编 辑 电 话	（0791）88170528
销 售 电 话	（0791）88170198
网 址	www.juacp.com
印 刷	湖南锦泰数字印刷有限公司
经 销	各地新华书店
开 本	787mm×1092mm 1/16
印 张	12.75
字 数	118 千字
版 次	2016 年 3 月第 1 版
	2020 年 6 月第 3 次印刷
书 号	ISBN 978-7-5493-4137-5
定 价	38.00 元

赣版权登字 -07-2016-102

目 录
contents

第一章

一　入侵者

在这伸手不见五指的黑夜里，只有那些呆头呆脑、饥饿难耐的动物才会冒着极大的危险，离开藏身之处出来活动，因为待在灌木丛、沼泽或洞穴这些地方会更安全。

天空中乌云密布，好像黑色的大海里汹涌澎湃的海浪。凛冽的风掠过已经落光了叶子的枫树，在桦树和山杨树之间呼啸。但是，一些枯叶仍然抓着长满树瘤的橡树和小山毛榉树的枝干不放，在风中发出窸窸窣窣的声音。铁杉树和挺立的松树在黑夜中交头接耳，好像在说着悄悄话。

这时，一只火红的叫思达尔的小狐狸和它的亲哥哥布鲁斯钻出洞来。它们都非常瘦小，出生在半山腰的洞穴里，到现在仅仅半岁。对于它们来说，夏天是一个充满欢乐的季节，特别适合玩耍和长身

体。思达尔和布鲁斯也像其他幼崽一样，常常和它们的三个姐姐扭打摔跤，后来还跟着它们的爸爸妈妈离开家到很远的地方去学习捕猎。它们对老鼠和野兔了如指掌，知道如何找到在低矮的枝丫上栖息的鸟儿，但对八字脚的雪兔只是略知一二，只知道它们跑得很快，很难被逮到。思达尔和布鲁斯学到的东西只能让它们照顾好自己，毕竟，在野外生存需要足够的运气。

它们自从出生的那一天起就形影不离了。每次五只幼崽在一起的时候总是一片混战，而思达尔和布鲁斯总是并肩作战。它们用岩石、一小堆草或者它们房子旁边的一株小铁杉树防御，取得最后的胜利。在跟着爸爸妈妈外出捕猎的时候，只要它们在一起，就绝对不会迷路。

戴德·麦特森毛皮室里的干木板上悬挂着四张展开的新鲜毛皮。狐狸的毛皮并不是主要的，但每捉到一只狐狸便可以获得两美金的奖励。山里人都说，戴德·麦特森为了钱可以不择手段。

这些天，思达尔和布鲁斯并不知道妈妈和三个姐姐去了哪里，它们的爸爸是一只有着深色皮毛的、高大威猛而又十分聪明狡猾的狐狸，它早已料到它的妻子和女儿是遭遇了不幸。现在，它要独自离开，做一只漫无目的而又孤单的狐狸了。按照狐狸的年龄计算，它已经老了，不再想找一个伴侣，对儿子们也没有什么期待了，因

第一章

为在它的内心一直有着深深的恐惧感。这么多年来，它一直统率着它的种族，但大自然有它无法改变的法则：无论成为一个怎样的统帅，它都不可能永远居于统治地位，因为年轻的一代终将代替老去的一代。因此，每当它遇到儿子们的时候，都感到反感和厌恶，以至于总是驱逐它们。它再也不能抓住并教训它们了，它已经跑不过它们了。

思达尔和布鲁斯出去找吃的，因为它们饿极了。如果它们再长大一些，就会更加机敏，也许就能不再忍饥挨饿。它们学着爸爸的样子，躲在附近的灌木丛后面，伺机捕捉猎物，但是它们一点经验也没有，也没有谁教它们具体该怎么做。

思达尔走在哥哥的前面，它们躲藏在一处月桂树丛中，希望能抓到一只毫无防备的兔子。尽管在体形上，它们已经不亚于它们的爸爸，只是还需要长得更强壮一些，才有成年狐狸那样的力量。比起其他的红狐，思达尔的毛色要更深一些，眼睛闪烁着狡黠的光芒，它细长的脖子、硕大的尾巴，还有细滑的皮毛都让它看起来更加优雅迷人，它的胸部中间还有一个星形的白点。

相比起来，哥哥布鲁斯的毛色虽然比较鲜艳，身体却没思达尔那么强壮。布鲁斯在各个方面都略逊色于它，这意味着思达尔将继承这个种族统领的位置。

思达尔忽然停了下来，用灵敏的鼻子捕捉着周围空气中的气味。

紧跟在它后面的布鲁斯也停了下来，布鲁斯在等着思达尔做出下一步行动，但大约过了两分钟，思达尔仍然一动不动。

它们躲在一块湿地后面，周围生长着山杨树、铁杉树、桦树、月桂树和杜鹃花以及一些松树。思达尔知道，在这片沼泽地中肯定有一些松鸡，但是它不能够精确地定位出具体位置。它保持着一种让自己平衡的姿势，努力地分辨着风中混杂的气味。

空气中混合着松鸡和在沼泽中觅食的母鹿的味道，还有几个小时前野兔留下的尿液的气味，刚回到空心树桩下睡觉的臭鼬的味道，以及正在冬眠的熊的骚味。

思达尔对母鹿丝毫不感兴趣，因为，对于狐狸来说，鹿显得有些庞大，想要扑倒一头鹿几乎是不可能的；至于臭鼬，以思达尔过往的惨痛经历来看，还是不要惹它们为好；熊更是毫无希望的。那么就只剩下松鸡了。

思达尔翘起鼻子，追踪着松鸡的气味，并跟着气味往前走。但是松鸡的气味淡得很，不一会儿就消失了。思达尔不得不停下来，转过去和它的哥哥用鼻子交流着。

思达尔再次迈开了步子，顺着原来的路线重新出发了。即便目前它不是专业的猎手，但是它足够了解松鸡。在这样的夜晚，松鸡一定会在避风的树荫下栖息。

它是对的，松鸡确实藏在了铁杉树丛中。树丛十分茂密，布满

第一章

了荆棘，密集得连风都穿不过去。在布鲁斯的掩护下，思达尔很顺利地溜进丛林里，穿过了这些小树。松鸡的气味是如此浓郁，所以这回应该不会失误了。

但是，当思达尔到达松鸡的窝巢时，第一次觉得失望透顶，甚至还有点气愤。松鸡的气味来自上空，这也就意味着它的捕猎计划落空了。

思达尔爬到最高的那棵铁杉树上，想证实它的判断。果然，松鸡所处的位置不高也不低。如果太高，那么周围的树枝就抵挡不了灌进来的风；如果太低，那么地面的偷猎者就有机可乘。现在，五只松鸡正在树枝上睡得很甜。

尽管两只小狐狸很失望，但仍默不作声。如果松鸡没有感觉到危机，就会继续在这片铁杉树丛中安家。等过些天，松鸡们就会选择低一些的树枝，到时候，思达尔和布鲁斯就能轻易抓到它们了。

思达尔又一次停下来，用鼻子嗅了嗅，它显得有些犹豫不决。在这么寒冷的夜晚，连风都踽踽难行，雪花簌簌地飘落，叶子也都结了冰。思达尔总有一种不祥的预感，但又说不清是什么。它还不能像经验丰富的动物那样，知道一场暴风雪即将来临。

大风把树叶吹得沙沙作响。突然，思达尔跳起来，用前爪按住翻动的落叶，因为老鼠正在下面穿行。这种天气特别适合捉老鼠，但是思达尔的技术不是特别好。老鼠从它爪子下的树叶里穿过，发出窸窸窣窣的响声，然后一头钻进了隐蔽的树丛里。思达尔嗅着尚有余温的气息，饥饿地舔了舔自己的脚趾。

布鲁斯不耐烦地慢慢移动起来，思达尔也开始移动，但这次它没有领先。布鲁斯离开思达尔，从生锈的铁丝围成的栅栏底下钻了进去，朝着坡上的月桂树丛前进，思达尔尾随其后。山顶上住着很多雪兔。尽管思达尔和布鲁斯从未抓到过一只，但是它们仍然希望有一天能够抓到雪兔。在这样的夜晚，没有固定居所的雪兔们一定在外面游荡。

思达尔和布鲁斯快速地奔跑着，身体轻捷得像流动的水一样。它们到达山顶，顺利进入了月桂树丛中。几分钟后，它们幸运地找到了捷径。布鲁斯带头顺风而行，思达尔忽然警惕起来，紧张地竖起耳朵，一点一点地挪动着脚步，它们从一棵被风吹倒的大树底下穿过，树干都弯曲了。

当突如其来的灾难降临的时候，它们有点措手不及，直到布鲁斯完全被扑倒，思达尔才反应过来发生了什么。它迅速地跳了出去。

那是一只野猫，名叫斯特布，是这个山头又老又可恶的强盗。现在，它正与思达尔面对面，相隔不到一米远。就在两个星期前，斯特布把它的巢穴安在了月桂树丛的中心地带，以捕食雪兔为生。它是一个十分狡猾的猎手，在捕捉到猎物之前绝对不会被发现，那些可怜的猎物几乎只能在临死前瞥见它一眼。今晚，斯特布蹲伏在倒下的树后，静静地等待着雪兔，但是，幼小的狐狸似乎更加令它

聪明的
狐狸

满意。

它用两只前爪紧紧地按住毫无反抗能力的布鲁斯，两只眼睛死死地盯着思达尔，低吼着。斯特布可以猎捕一只成年的母鹿，除了戴德·麦特森，它无所畏惧。

一股寒流在思达尔心里四下流窜，看见哥哥成为斯特布的猎物，而自己什么都做不了，它无奈极了。在这个寒风萧瑟的夜晚，思达尔做出了让步，这悄无声息又致命的袭击仍然让它感觉到愤懑，但是它丝毫不敢反抗。

思达尔转身逃走了，它的内心充满仇恨，但同时它又无法战胜恐惧。斯特布似乎是从天而降，这突如其来的袭击让布鲁斯当场毙命。思达尔的眼睛里充满了哀伤和绝望，它到处诉说那可怕的东西杀死了它的哥哥。

它一秒钟也不敢停下，直到完全跑出那片丛林，又回到了山脚下时，它已经气喘吁吁。过了一会儿，它回望着那片树林，想起布鲁斯在斯特布魔爪下惨死的画面，全身战栗起来。思达尔又一次憎恨得咬牙切齿，那声音听起来像是钢丝断裂一样。斯特布的恐怖气息和可恶样子已经深深烙在它的脑海里，如果再遇见，思达尔一定能认出它。

此时的风变得小了一些，一片片鹅毛般的雪花从厚重的云层上飘落下来。

雪花飘落得很快，几乎在几分钟之内，地面就已白雪皑皑了，因为霜冻而枯萎的草也完全被覆盖了。这场大雪是这里最古老的居民记忆里最可怕的一场暴风雪之一。雪好像是从天空中溢出来的一样，一直持续到第二天的傍晚时分，然后又是一个没有月亮的夜晚，黑暗笼罩着整个大地。直到来年四月的第一簇花盛开，这些野生动物才会觉得最危险的时刻已经过去。那时，积雪融化后，就会露出湿漉漉的枯叶上动物的残骸。

第一章

而现在，思达尔只知道雪是一种不常见的东西，它的爪子踩在上面会变得冰冷。它把雪花一片片地捡起来，放在厚厚的毛皮上，一会儿又把雪抖落到雪地上。迷惑和不确定让它感到前途未卜。

现在看来，那晚的捕猎是一场灾难。但是灾难是所有在野外生存的动物必须面对的。野外是弱肉强食的世界，动物们依靠暴力生存，也不可避免地死于暴力。然而，无论发生了什么，或者谁死了，活下来的必须填饱肚子接着活下去。现在，思达尔感到非常饥饿。

它也会感到迷茫。它已经走遍了所有曾经和布鲁斯一起找到食物的地方，但是什么也没找到。雪兔仍然在灌木丛里，但它们本来就很难被抓到，何况现在有斯特布对那片灌木丛虎视眈眈。思达尔知道，它的武器只有牙齿，所以不敢去和一只大猫发生争斗。

它从用铁丝围成的栅栏底下穿了过去，没有触碰铁丝，然后从厚厚的积雪上踩过去，跑向它上次来过的地方。这里是杰克·克罗利家的农场。农场安静地坐落在两面陡峭的山坡之间的河谷里，里面有宽阔的田野和牧场，有一座温暖的房子，一个很舒适的畜棚，一个家禽舍，一个猪舍以及一座冰房，还有各种各样的小建筑物，但是这只是它的外观。对于许多小狐狸来说，这座农场有着不可抵挡的诱惑力。

思达尔经常躲在隐蔽的灌木丛里，看着杰克·克罗利家的奶牛在葱绿的牧场上吃草，看得十分入神。在这些奶牛被赶回家挤奶之后，思达尔就顺着它们留下的气味和痕迹四处寻找，直到找到它们，有时候甚至会公然出现在它们面前。这些奶牛只是很温和地盯着思达尔，并觉得这个小东西十分稀奇。虽然它们是很庞大的动物，但是它们一点儿也不好战。在牛群里没有任何威胁，思达尔感觉很舒适。

好几次，躲藏起来的思达尔注视着牧人从牧场里赶出的马群，也看得很入神。它对田野也感到好奇。他们耕地、收粮食，或者割草晒干，或者做一些令思达尔费解的事情，好像人类和马在一起时就总是做这些事。但是思达尔从来不在人类面前出现，它对人类有着天生的恐惧感。

思达尔用它灵敏的鼻子研究着这个农场的趣事，它捕捉到的那些气味是最有趣的一部分，有鸡、鸭、鹅的气味。思达尔知道，猪圈里猪的气味很重，畜棚和谷仓里老鼠的味道很迷人。它用力地辨别各种气味。对于它来说，从农舍里飘出的气味是最难闻的，它知道那是从烟囱里飘出的木头燃烧和熔炉里煤燃烧的刺鼻的气味。它的鼻子已经告诉了它关于农场的一切，但是它仍然感觉很好奇。

思达尔有一个最显著的特点，就是对任何事都充满了强烈的探索欲。为了证实一片随风飘舞的叶子是从哪里飞来的，它会转身跑到200米外的地方探个究竟。有一次，它全神贯注地站了整整一个小时，只是为了观察阳光穿过树叶留下的斑驳的光点。还有一次，它躺在一棵大树下大半天，仅仅因为高高的树枝上有一只赤栗鼠会不时地轻轻摇动尾巴。

当思达尔了解了农场周围的一切事物之后，它就想，是不是可以去农场里找些吃的。但是，农场里总会时不时有人走来走去，思达尔能清楚地闻到人类的味道。它惧怕人类，所以从来不敢进入农场内。即使是在无人的夜里，它也不敢靠近，只是在远处徘徊。雪下得又大又猛，大片大片厚厚的雪花不停地落在思达尔的眼睛上，思达尔只能不停地眨眼睛，眨得都快睁不开了。

地上的雪花已经没过了它的脚踝，所以当它往前走时，后面留下的不再是浅浅的脚印，而是一个个小坑。还没有走几步，思达尔就停了下来，因为它的脚已经冻得不行了。它把脚在自己厚厚的皮毛上摩擦着，想获取一点温暖。就这样过了15分钟，思达尔终于转身，好像下定了什么决心一样，鼓足勇气朝着畜棚走去。

思达尔是逆着风往前走的，当风向改变时，它就会停下来，然后随着风向改变自己的前进方向。这样一来，在它前进时，无论前面有什么，它都可以闻到味道。这时候，思达尔闻到前面传来了一种它还不能立刻分辨出那是什么的味道，于是思达尔警觉地停了下来。过了一会儿，它终于知道了，那是从狗身上散发出来的，因为思达尔经常闻到农场那两只很脏的狗身上的味道，所以它还是比较熟悉的。但是这次的气息好像有一丝陌生。思达尔根据隐约的气味判断出那只狗和自己年龄相仿，而且感觉那只狗不会对自己造成危险。

其实，思达尔闻到的那个味道是从14岁的杰克·克罗利的小猎狐犬——桑德身上发出来的，那是一只很瘦的小狗。这是思达尔第一次闻到桑德的味道。外面的风雪很大，小猎犬桑德正舒服地趴在杰克家阳台上暖和的壁龛里，不一会儿就睡着了，它的脚还时不时下意识地抽动一下。

终于，思达尔偷偷地溜进杰克家的农场，摸进了畜棚里，它看见奶牛们正满足地咀嚼着白天剩下的食物，畜栏里的驮马不停地走来走去。马厩的门是关着的，还上了锁，但锁得不是很严实，有一种让思达尔垂涎欲滴的味道正慢慢地从里面传出来。那其实是老鼠的味道，因为奶牛和驮马们吃草料时掉了很多谷粒在地上，老鼠们正在里面跑来跑去，忙碌地捡起那些谷粒当作自己的晚餐。

接着，思达尔从马厩来到了猪舍，有四头或黑或白的大肥猪在里面。当思达尔靠近的时候，它们就像雕塑一样，一动不动，仿佛没有看见思达尔。

猪舍附近有一个小草棚，草棚的前面是敞开的，后面却被封了起来。里面存放着一辆马车、一个除草机、一个犁、一个圆盘耙，还有一辆皮制车顶的小货车。这些东西的后面是一些废弃不用的木板，还有一些旧的机器，包括一个坏了的播种机。

在上面的横梁上，有四只鸡在那里做了窝，晚上它们就在那里睡觉。按理说，这四只鸡平时应该是和其他的鸡一起住在那个鸡舍里面的，鸡舍做得很牢固，能防止狐狸偷袭。但是因为之前克罗利农场的主人杰夫·克罗利突然发现暴风雪就要来了，他想在风雪来临之前把农场里的一切事情都安排妥当，于是，匆忙中也就没有注意到有四只鸡不见了。

思达尔偷偷地溜进了这个小草棚，它抬起鼻子寻找着猎物的味道。突然，它的眼睛一亮，原来，它已经发现了猎物。思达尔看见四只胖胖的、反应迟钝的鸡正闭着眼睛睡得很熟。那些鸡过惯了农场里的生活，从来没有遇到过任何危险，也从来没有意识到危险的存在。四只鸡的鸡窝离地面非常近，这对思达尔来说可省事不少。它悄悄地靠近它们，然后把一只前脚放在鸡的旁边，这样可以防止它们偷偷逃跑。思达尔张开嘴咬向了一只鸡，准备美食一顿。可是就在这个时候，一件事发生了。

危急时刻，那只鸡发出了被卡住脖子的尖叫声。另外三只鸡听到叫声后立刻惊醒了。受到惊吓的它们一齐大声"咯咯咯"地叫了起来。思达尔知道，它必须抓紧时间逃离，不然自己就会被发现。它抓住的那只鸡很大，重量估计有自己的两倍。思达尔抓着它的脖子，把它抛到了自己的背上，然后赶紧逃出了那个小草棚。

可是，就在思达尔快要逃出小草棚的时候，突然又出现了另外一个声音，打破了深夜的宁静。那是一阵很有节奏的、低沉的咆哮声，好像是从风中传来的。原来，杰克的猎狐犬桑德被小草棚里的鸡叫声吵醒了。桑德闻到了思达尔的味道，知道是该行动的时候了。于是我们就看到了最原始的一幕：一只猎狐犬在追一只狐狸。思达尔没想到它的运气这么差，居然会遇到这种危急的情况。它已经累得气喘吁吁了，但还是死死地叼着那只鸡，拼命往前跑着。但是，它知道猎狐犬桑德跑得比它快，它们之间的距离越来越近了。

二　失　败

　　杰克·克罗利在14年的生活中，经常听说猎狐犬成功捕捉狐狸的事。克罗利农场的主人、杰克·克罗利的爸爸杰夫·克罗利是个地地道道的猎人，年轻时的他时时刻刻都在想着怎么才能捕捉到更多的猎物，而且最让他觉得兴奋的就是带着一只猎狐犬去抓狐狸。乔·梅森是杰克·克罗利家隔壁农场的主人，他和杰克·克罗利的爸爸一样痴迷于打猎。还有佩里·奥尔布赖特，一个经营牛奶生意的商人。在冬天的夜晚，他们三个人经常聚在克罗利家的农场里，一起回忆过去打猎的经历。到了现在，他们谁都没有再养过猎犬，也很少去打猎。然而，他们很喜欢讨论这方面的事，杰克也很喜欢听他们讨论。

有时候，戴德·麦特森也会加入他们三个的讨论，他们也都很欢迎他，只是不知道为什么，杰克那时候却不怎么喜欢戴德。戴德比杰克的爸爸他们年纪都要大，所以想法可能也不一样。老杰夫他们都是很热情的人，而戴德对人总是冷冰冰的；老杰夫他们回忆到以前一些特别难忘的打猎经历时，一个个都兴奋得好像眼睛里闪着光，但是戴德从来不会这样，他是个很现实的人，他只会记得他曾经用动物的皮毛卖了多少钱。

杰克天生是个比较安静的孩子，他总是在爸爸他们聊天的时候坐在他们身边，静静地听着他们一点一滴地回忆他们年轻时候打猎的故事。就是在这些冬天的夜晚，外面寒风呼啸，窗户上结满了霜，杰克听着那些有趣的故事，渐渐在心中萌生了自己的梦想。杰克觉得自己一定要有一只属于自己的猎狐犬，他也想体会长辈们打猎时的那种乐趣。

在刚刚过去的那个暑假，忙完农场里的所有农活之后，杰克就会骑着他的自行车到三千米之外的卡尼维尔小镇，买回一大堆报纸，然后卖给沿路上的每一个农场。就这样，他努力地用自己的劳动挣钱，并且把赚到的每一笔钱都存了下来。终于，到了八月份，他买下了属于他的猎犬——桑德。当时，杰克从五只小猎犬中挑选出了桑德，那五只小狗几乎一样大，而且从外表上看也是一模一样。但是从某种意义上说，这五只小狗又完全不一样，就像杰克的爸爸和戴德一样。

当时，杰克看见有四只小狗都摇着尾巴，撞着那个围着它们的栅栏，想得到杰克的关注。那时候桑德已经半岁了，虽然它对人类很友好，但是它并不是那种随便看见一个陌生人就会主动凑上去的小狗。当杰克打开门走进来的时候，桑德并没有跑开。它勇敢地将杰克从上到下打量了一遍，然后跑到杰克的身边，试探地舔了舔杰克的手。杰克高兴地买下了它，并且在它的脖子上系了根皮带，然后它就欢快地跟在杰克后面回家了。但是，杰克有点担心，他是靠自己挣钱买下桑德的，可是他的爸爸会怎么想呢？杰克倒不是担心他爸爸不允许他买狗，而是担心爸爸会不满意桑德。

杰克不知道自己选的猎犬到底好不好，但他还是把桑德带回了家。进门之后，老杰夫就跑过来看杰克买的这只小猎犬。桑德是一只长得很壮、但是看起来很忧伤的猎犬，它的上半身是黑色的，下半身夹杂着一点褐色。它有一条细长的尾巴，还有一对尖尖的耳朵。耳朵外面是黑色的，里面却是褐色的，桑德走路的时候，那对耳朵会往下摇。让人不理解的是，桑德脸上总是浮现出忧伤的表情。但在那双忧伤的眼睛里，还是能发现一丝温和，以及旁人不易察觉的智慧。桑德嘴巴周围的皮肤很松弛，就好像挂在脸上一样。不过，那可是桑德身上唯一松弛的地方。它全身都很强壮，它的腿又长又结实，

第二章

它的胸口很宽，整个身体看起来又矫健又灵活。桑德那黑黑的鼻子好像时时刻刻都在仔细辨别味道。它可是一只品种极好的猎犬，这个品种在很久很久以前就存在了，人们几乎都说不出它们最早出现在什么时候。

老杰夫仔仔细细地检查着桑德的胸口、耳朵、脚和尾巴，甚至还扒开桑德的嘴看了看里面。许久，老杰夫终于发表了他的鉴定结果："不错，这只小狗将来会成为一只不错的猎犬！"爸爸的这句话对杰克来说简直就是最大的赞扬，杰克非常开心。

后来，桑德就成了杰克家的一分子，成为农场里的一员。但是老杰夫一再强调，桑德不能只是一只普通的狗，应该让它去体验恶劣的天气，以及其他猎犬们会遇到的所有情况。一只猎犬必须经历过这些，才会成长，才会成为一只优秀的猎犬。于是，杰克用一个木箱在走廊上靠墙的地方给桑德安了一个家，他觉得不能让桑德过得太安逸了。

在思达尔到杰克家的农场偷鸡的那天晚上，桑德听见鸡叫声就立刻警觉地叫了起来，那时候杰克正在熟睡。桑德的叫声很大，杰克依然迷迷糊糊的。他好像在做一个梦，在梦里，他听见一只猎犬的叫声，那叫声听起来就像音乐般美妙。突然，杰克立刻从床上爬了起来，他的意识还很模糊，不知道发生了什么，但是他觉得好像应该起来去看看到底怎么了。他半醒半睡地打了个哈欠，却又倒在了床上，继续睡觉。过了一会儿，他又被吵醒了，一丝昏暗的光从窗帘透了进来。杰克打了个哈欠，伸了个懒腰，这次他终于完全清醒，从床上爬了起来。当他光着的脚碰到冰凉的地板时，他忍不住打了一个寒战，连忙穿上拖鞋，然后走近窗户，想看看外面到底发生了什么。杰克最先看到的是窗外密密地往下落的雪花，他开心地吸了一口气。他记得爸爸说过，下雪天最适合猎犬追踪猎物，因为它们可以清楚地看见猎物的脚印。

杰克慢吞吞地穿上衣服，然后跑下楼，来到了厨房里，因为那里有一个很大的火炉可以取暖。厨房墙上挂着一个很大的闹钟，指针在分秒不停地走着，杰克看到时间已经是七点差一刻了，但是只有一束淡淡的光斜斜地照在窗户上，太阳还没有出来呢！杰克又想到了外面正在下着大雪，还有很多在下雪天要做的工作。门口肯定结了冰，必须除去那些冰才能打开门；农场里的小路上那厚厚的积雪也要清理掉才行，不然无法走路；还有外面木柴堆上的雪也要清理掉；再加上昨天下午暴风雪来之前他们没有来得及处理好的事情，还有很多其他杂活都要干。杰克把他的鞋子放在火炉边烘烤着，然后在靠近木柴箱的一个角落里坐了下来，又过了一会儿，他穿上了鞋。杰克的妈妈已经在煮早餐了，她在盆里和好面团，然后把薄煎饼放进煎锅里，锅里之前放进去的一块块圆圆的香肠已经快被烤黄了。杰克闻到香味后，不禁舔了舔嘴唇。

看来，今天的校车肯定是没法来了，路面已经完全被厚厚的雪覆盖住了。杰克和他的爸爸要对整个农场做一下检查，看看那些被大雪破坏需要修理的地方。杰克希望明天路还是被大雪覆盖，无法通车，这样他就可以不用去上学，顺带能把农场里的活忙完。他又透过窗户看了看远处的小山，外面还是很黑，看来，明天或许有机会和桑德一起出去打猎了。桑德现在仅有八个月大，杰克的爸爸对他说过，桑德还太小，不能指望它今年冬天就能和他们一起出去打猎。它或许会跟着猎物的脚印去寻找猎物，但是每只猎犬都需要慢慢长大、慢慢学习。

杰克一直盯着窗外，虽然他人还在厨房里，但是所有的心思都跑到那座小山上去了。他幻想着自己和桑德到山里打猎的情形，桑德正瞪着一只狐狸不停地叫着，它的叫声在山里回响，然后自己举起猎枪，一枪就将狐狸打死，然后……"杰克！"妈妈的叫声将杰克拉回了现实，他转过身来不好意思地看了看妈妈。妈妈这时已经把煎饼和香肠分好了，放在桌子上的各个盘子里，爸爸已经在吃了，他的脸上挂着淡淡的笑容。杰克的爸爸杰夫·克罗利是一个长得很高大的人，他可以驯服一匹倔强的野马，可以把一袋重50千克的米搬上马车；他还是一个内心温和的人，对别人很宽容。此时，他对杰克说："孩子，快过来吃饭吧！"于是，杰克只能不情愿地从幻想中清醒过来，回到餐桌上。这时候他才发现自己已经很饿了，其实正在发育的杰克总是觉得很饿，不仅是在吃饭的时候，他只要想到吃的东西就会觉得饿。

　　杰克的爸爸老杰夫吃掉了自己盘子里的六个薄煎饼，还有三块香肠，而杰克和他爸爸吃得一样多。杰克在煎饼上涂了一层新鲜的奶油，又在自己的盘子里倒满了枫树糖浆，然后就一股脑儿地将这些往嘴里塞。杰克的妈妈看见他这样吃，便在一旁说："别吃那么快。"杰克正在津津有味地咀嚼着，他咕哝着嘴巴说："对不起，妈妈。"吃完后，他放下叉子，茫然地看着面前的桌子，脑子里又开始幻想他和桑德在小山上打猎的情景。杰克觉得，当桑德学会追踪狐狸的时候，他甚至连猎枪都不需要了。这时候，杰克的妈妈说："你这个孩子，一会儿狼吞虎咽的，一会儿又什么都不吃。"杰克的爸爸接着说："你不是在想着这场雪，就是在想着去抓狐狸，对吧？"好像老杰夫永远都能猜得到他在想些什么，杰克回答说："是的，我的确是在想那些。"老杰夫对杰克说："你别想了，先抛开它吧，你要等桑德长大才行，这么大的雪，再好的猎犬也跑不了起来，而且我们还有很多活要干呢，再吃点薄饼吧！"杰克又吃了三个薄饼和一块香肠，再加一个苹果派。杰克看着剩下来的一个大薄饼，还有四块香肠，他打算把这些都拿给桑德，让它好好吃个饱。于是，他对爸爸妈妈说："我去喂桑德。"杰克的爸爸拿起了咖啡壶说："去吧，喂完之后我们就要开始干活了，现在可不早了，已经七点过一刻了。"杰克

第一章

穿上一双齐膝的胶鞋，这样他走在雪地里就不会弄湿裤子了。他又穿上一件羊毛夹克，戴上帽子，并把帽子上的绳子系在下巴上。他将羊毛手套揣进口袋里，然后端起那个放着薄饼和香肠的盘子，走出去找桑德了。

桑德知道吃早餐的时间，所以它总是会准时等在门外。看见杰克出来给它早餐时，它会摇着尾巴，伸着舌头欢迎杰克。但是今天早上，桑德并没有像往常一样等在门口，而且一直没有出现。桑德的小房子上堆满了雪花，如果桑德在里面，它身上的体温肯定会将那些雪融化的。

看来，桑德不在它的小房间里。杰克茫然地看着像帷幔一样从天上落下的雪花。整个农场现在都被大雪盖住了，连阳台上高约十米的紫丁香树也被雪花盖住了，到处都是白茫茫的一片。这个时候，杰克突然想起了昨天晚上的梦，还有他迷迷糊糊听到的猎狐犬的叫声。杰克立刻明白过来，昨天晚上的叫声不是梦。他觉得很失落，因为他知道桑德并不在畜棚里，也不在农场其他的小房子里。杰克发现雪地上有桑德的足迹，它昨天晚上一定因为什么事情跑到暴风雪里去了。这个时候，杰克突然觉得肚子有点痛。

当杰克端着那个盘子回到屋里的时候，手一直在抖，他把盘子放回了桌子上，整个人变得心不在焉。他现在非常难过，桑德到底去了哪里？昨晚那么大的暴风雪，它跑出去会不会遇到危险？

就在杰克想这些的时候，老杰夫打断了他的思绪："孩子，怎么了？"杰克低落地说："爸爸，桑德不见了。"老杰夫说："它一定是跑到畜棚里或者是其他的小屋子里去了。""不，都不在。"杰克回答说。老杰夫紧接着问道："你怎么知道它不在呢？"杰克无精打采地说："昨天晚上我听到了它的叫声，刚才又看见了它的脚印，它一定是出去抓狐狸了。"

　　杰克说完之后，老杰夫什么也没说，只是用一种很陌生的眼神看着杰克。杰克突然觉得很羞愧，咬着自己的嘴唇想忍住正在眼眶里打转的眼泪。因为通过爸爸刚才的眼神，杰克知道老杰夫正在思考，一只真正优秀的猎犬，会全心全意地打猎，把打猎当作它最大的工作，而且会对它的主人非常忠诚。

　　当然，一个称职的猎犬主人也会对自己的猎犬非常关爱。杰克现在很后悔，昨天晚上听到桑德吼叫的时候他就应该起床，然后出去看看到底发生了什么，那样或许就不会让桑德独自跑开了。最后，老杰夫只说了一句话："孩子，跟我来吧！"他们从房子后面的阳台走进了雪地里，雪已经积得有40厘米那么厚了，而且还在不停地下着。雪花飘在杰克的睫毛上，然后融化成水，留在了他的脸上。

　　一会儿之后，杰克的帽子和夹克上也堆了雪。就算老杰夫没有告诉过他，他也知道，即便是一只强壮的猎狐犬，在它精力最充沛的时候，也不会在这样的大雪中跑远的。但是桑德还只是一只八个

第一章

月大的小狗，还缺乏捕猎的经验，它只会往前冲。现在，最让他们父子俩担心的是，桑德可能单独跑到了远处那连绵不断的山里，没有杰克陪在它身边，桑德只能独自去面对一切了。

杰克正准备清理小路上的积雪，需要铁铲，所以他向旁边的一个放工具的小屋子走去。这时候，杰克的爸爸叫住了他说："现在不要再想着桑德了！"杰克吃惊地看了看四周，他不论想到什么，爸爸都会猜到。不过，他没有告诉爸爸他心里的疑问。

杰克从小就非常听他爸爸的话，因为爸爸总是知道每一个问题最好的解决办法。过了一会儿，杰克就开始和爸爸肩并肩地干活了，他们把几乎深到膝盖的积雪铲到旁边。雪花还在飘着，他们边走边抖落身上堆积的雪花，然后来到了畜棚里。雪下得太大了，老杰夫把锁打开，他们赶紧跑了进去。杰克爬到干草堆上，把干草扯下来喂给奶牛和马儿们。

其实你可以想象，冬天早晨的畜棚是一个非常热闹和让人愉快的地方，特别是在一场大雪之后。奶牛和马身上散发的体温使得畜棚里很暖和，里面混杂着各种各样的气味，让人觉得很开心。畜棚里还储存着夏天收获的水果和粮食，看到这些食物，你甚至可以想到下一个春天和夏天即将来临，然后又是丰收的季节。

但是今天早上，杰克一点儿也不开心。他把干草整理好之后，给奶牛喂了一些粮食，又在马儿的料仓里放了一些燕麦，然后依次给所有的家畜喂了水。当这一切都结束之后，杰克从畜棚里出来，到猪舍和鸡舍给猪和鸡喂了水。当杰克再次回到畜棚的时候，他的爸爸已经挤好了牛奶。杰克无精打采地等着爸爸，脑中一直想着桑德失踪的事。他知道，今天要和爸爸忙一整天了，大雪根本没有停的迹象。

现在，他们家的整个农场都被大雪覆盖着，如果杰克和爸爸这几天不努力将这些雪铲掉，他们的农场是无法正常工作的。推土铲被安放在拖拉机的后面，老杰夫准备开拖拉机清理大路上的积雪，杰克负责用铁铲来清除小路上的积雪。但是老杰夫没有立刻启动拖拉机，他对杰克说："你先在这里等着我，我一会儿就回来。"

于是杰克把一个水桶翻过来，坐在水桶上等着，心里还在为桑德的事难过。他一直自我安慰地说："桑德肯定不会有事的。"但还是不由自主地担心它。地上的雪积得越来越厚，任何一只小狗独自走进这么深的雪地里，都会遇到很多麻烦。桑德到底在哪里呢？它现在还好吗？杰克一遍又一遍地想着。终于，老杰夫回来了，他手里拿着一支22口径的猎枪，还有两个装满了东西的纸袋。杰克不知道他爸爸想干什么，好奇地看着他。老杰夫一边把手里的一个纸袋递给杰克，一边说："孩子，把这纸袋塞进你的夹克里。"杰克不解地问："爸爸，这是什么？"老杰夫回答说："这是我们的午餐，走吧！"他只说了这一句话，杰克还没明白到底是什么意思，只能跟在爸爸的后面。

老杰夫带着杰克来到了一个屋子，里面存放着斧子、绳子、雪橇、渔具等，还有一些家里放不下的零零碎碎的东西。老杰夫把挂在墙上的两双雪地鞋取了下来，然后自顾自地穿上。这下杰克终于知道爸爸想干什么了，他是想带自己去找桑德啊！杰克激动的心在怦怦地跳，他那穿鞋的手也开始颤抖起来了。

这个农场里的所有大事小情都需要老杰夫打理，昨天又下了一夜的暴风雪，农场里今天真的有很多事情要做，可是老杰夫愿意暂时放下一切，陪杰克到山里去找一只失踪的小猎犬。想到这里，杰克感激地看着已经准备好的爸爸，想说些什么，但是喉咙里好像被什么塞住了一样，说不出一句话来。

他们把雪地鞋系得很紧，然后一起走进了风雪里。地上的雪很软很蓬松，他们每走一步都要费很大的劲。

但是这些在杰克看来都不是问题，因为他们现在是出去找桑德，只要能找到桑德，一切困难他都可以克服。老杰夫按照自己过去的习惯，带着杰克径直向放工具的小屋子走去，那个小屋就是昨天晚上那四只鸡所在的小草棚。他们走进去之后，老杰夫用他那双老练的眼睛将整个屋子的每一个地方都认真检查了一遍，很快他就发现，地上有几根鸡毛。

老杰夫蹲了下来，检查着地上的线索。突然，他高兴地向杰克叫道："你快过来看！"杰克立刻跑了过来，蹲在他爸爸身边，充满好奇地看着地上。虽然地上有点脏，但杰克还是很清楚地看见了地上的脚印。那是昨天晚上思达尔留下来的，但却和一般的狐狸脚印不太一样，他们发现这只狐狸的两只前脚都多出了一个脚趾头。

老杰夫说："这是一只有六个脚趾头的狐狸，现在我们知道了它的这个特点，以后就很好分辨了。"杰克不知道爸爸在想什么，也不知道接下来该怎么办。外面的大雪一直没停，并且已经将一切都覆盖了起来。他们现在不可能根据地上的脚印去找那只狐狸和失踪的桑德，因为脚印早就被积雪覆盖了。

过了一会儿，老杰夫很有信心地说："那只狐狸是从南边来的。"杰克好奇地问："你怎么知道的，爸爸？"老杰夫回答说："从昨天晚上开始就一直刮着北风，我知道所有出来寻找食物的狐狸都会逆着风走，所以这只狐狸一定是从南边过来的。那只狐狸抓了鸡之后，桑德的叫声肯定惊动了它，它绝对会按照它来的路线逃跑的，也就是南边。"

杰克问道："那只狐狸会不会在半路上把抓的鸡丢掉呢？"老杰夫听到这话笑了起来，他回答说："我觉得不会，一只狐狸只有饿得受不了了，才敢冒险到人类家里去偷食物，所以它一旦得手之后，一定会紧紧地抓着，绝对不会轻易放手。我们走吧！"

于是，杰克和爸爸老杰夫低着头走出了那个小屋，再一次踏进

第一章

027

了风雪中。但是他们几乎找不到一点儿桑德离开的线索，唯一知道的是桑德肯定追着那只狐狸跑了，而老杰夫对狐狸是很熟悉的。老杰夫试着把自己想象成那只来偷东西的狐狸，如果他是狐狸，他会怎么逃跑。

雪花一片一片落在他们身上，他们已经看不清楚远处的东西了，但是即使这样，他们也不担心可能会迷路，因为老杰夫对这座小山了如指掌，哪里有斜坡，哪里有路牌，老杰夫都知道得清清楚楚。他们穿过平地，进了森林，然后，老杰夫决定停下来休息一会儿。雪依然下得很大，但是他们都不觉得冷，反而都在出汗——在雪地里走路可不是一件轻松的事情。

风呼呼地刮着，老杰夫大声对杰克喊道："昨天晚上你听见桑德吼叫大概是在什么时候？"杰克回答说："我记不清楚了，好像是半夜。"老杰夫听了之后点了点头说："那时候的积雪应该还不是很厚，看来它们跑出去很远了啊！"然后，他们又继续往前走着。经过一段时间的努力，他们进了小山，老杰夫带着杰克朝着一个山谷走去。

半个小时之后，他们停了下来，老杰夫朝着一个地方指了指。那是一棵白杨树，风把树叶吹得哗哗作响，杰克惊喜地看见其中一根树枝上挂着一根鸡毛。他忽然感觉到一股暖流从自己的脚尖传了上来，暖遍全身——他们终于找到线索了，看来找到桑德有希望了。

老杰夫确实很了解狐狸，他们走的路线是对的，就是昨天思达尔逃跑的路线。从那一刻开始，杰克确信他们一定能够找到桑德。

接着，他们走进了山谷里，还是按照原来的方向。他们走一会儿就会停下来，因为老杰夫要不断地确定他们走的是不是正确的路线。叼着一只鸡的狐狸如果被一只猎犬追的话，它一定会选择最便捷的路，只有这样它才能跑得最快；如果它遇到了一个土坑，它一定会绕着过去，而不是费劲地跳过去；它也会避开一些比较深的悬崖和一些密密的灌木丛。它逃跑时，脑子里只会有一个念头，那就是一定不能让后面的猎犬追上。

这时候已经是下午了，他们走到了一个山顶上，那里有很多树，老杰夫决定在那里停下来吃午餐——纸袋里装的三明治。他们选了一块大石头，将石头上的雪都清理干净，然后坐在石头上一边休息一边用餐。吃完之后，老杰夫带着杰克从另一边下山，他们走进了一片枯萎的山毛榉树林里。

他们走得很慢，老杰夫一边仔细观察周围有没有线索，一边听着有没有什么声音传过来。就这样，他们走走停停，想找到狐狸走过的路线。到了下午三点左右的时候，他们听见风中传来了一个奇怪的声音。就在离他们不远的地方，越过一个小山丘的斜坡，接连不断地传来了一只猎犬的叫声。老杰夫听到之后，立刻朝着那个方向跑了过去。

聪明的
狐狸

　　他们终于找到了桑德。它被困在雪地里，尽管又累又饿，但还是在不停地挣扎着，雪已经把它的背都掩盖住了。桑德把舌头吐出来喘着气，看来，它已经筋疲力尽了，但是仍尝试着跳出雪坑，继续追那只偷了主人的鸡的狐狸。桑德没有追上思达尔，但是作为一只猎狐犬，它永远不会忘记思达尔和它身上的味道。

　　要是那天没有下雪，桑德肯定会追上思达尔。但是现在，桑德被困在雪地里动弹不得，只能摇着它细长的尾巴。当老杰夫跪在桑德旁边，将它从雪地里抱出来时，它的眼睛好像在感激地笑着，身体却扭来扭去的，好像不愿意让老杰夫抱着它一样。过了一会儿，桑德被老杰夫架在肩膀上了。他们终于找到桑德了，老杰夫长长地舒了一口气，放松下来。

　　而杰克呢，他惊讶地看着自己的爸爸，对他的敬佩之情又增加了一分。老杰夫并没有因为耽误了一天的时间而生气或是不开心，反而为找到桑德而觉得很满足。他是一个猎人，他知道得到一只好的猎犬很不容易，所以他才花这么多力气陪自己的儿子杰克去找桑德。在回去的路上，老杰夫对杰克说："孩子，你为自己挑了一只真正的猎犬！"

三　冰　冻

一开始桑德追过来的时候，思达尔非常害怕，担心会被抓住。因为它之前从来没有被猎犬追过，而且当桑德在后面一边追一边吼叫的时候，思达尔觉得它的叫声非常恐怖，吓得它有点想发抖。但是正因为非常害怕，所以思达尔跑得飞快。它并没有因为害怕而失去理智，也并没有把捉到的那只鸡在半路上丢掉。如果没有那只鸡，它其实可以跑得更快。可是那只鸡是它冒着很大的危险才捉到的，它又怎么会轻易放手呢！路上已经有积雪，所以思达尔没法快跑，但是桑德的腿比思达尔的要长很多，可以跑得更快。桑德正不断地缩短它们之间的距离，就在那个时候，思达尔突然灵机一动，在桑德快要追上它的时候，跳到了一棵巨大的已经倒了的松树的树干上。这棵树已经死了很久，树皮都已经掉光了，只留下一些主要枝干，这些枝干大都已经腐烂了。思达尔之所以跳到树干上，是因为风将那棵树上的积雪都吹了下来，在树干上跑动可比在雪地里轻松不少。思达尔沿着树干往前走，然后在树梢的最顶端跳回雪地上。它一边继续往前跑，一边听着后面桑德的声音。狗叫声越来越小了，思达尔知道，桑德肯定被它远远地甩在后面了。这时候，桑德正在那棵倒下的松树周围徘徊着，思达尔不用担心被桑德追上了，因为它已经跑了很远。原来，它刚才在那棵倒下的松树那里制造了一个骗局。

因为思达尔跳上了树干，所以它逃跑的路线中断了，而这让桑德迷失了方向，它不知道思达尔往哪里跑了。思达尔并不知道，它的这个小计谋在一只经验老到的猎犬眼里根本不算什么，老猎犬很快就可以识破这个骗局，可是偏偏桑德还只是一只没有经验的小猎犬，关于如何更有效地追踪狐狸，桑德还有很多要学的东西，所以，这一次它只好被骗了。而思达尔同样在摆脱猎犬的追踪方面还有很多要学的，它也没有经验。

这时候，思达尔的恐惧终于渐渐减弱了，它反而觉得这样被猎犬追着很刺激，很好玩。显然，思达尔有恶作剧的天分，还十分享受这种追逐游戏。

一会儿之后，思达尔又碰到了一棵倒下的树，它跳上树干，沿着树干走着，还时不时地停下来回头张望。

思达尔是一只思维敏捷的红狐，它已经学会了如何制造中断的路线来阻止猎犬的追踪。之后，思达尔来到了一条小河边，河两岸都是雪。思达尔跳进了小河里，顺着河水游到了小河源头的泉水池，然后又跳进了岸上的积雪里。它又跑了一会儿，直到它再也听不见桑德的叫声。

思达尔开始慢慢地走，然后在一棵很高的铁杉树下面停了下来。它把那只鸡丢在地上，一只爪子抓在鸡身上，就好像在说，这只鸡是它的，谁都不能抢走一样。这时候，思达尔又把舌头伸了出来，它的样子就好像是一只热得把舌头伸出来喘气的狗。雪还在下着，思达尔转过身来，看着它刚才走过的那条路，然后一动不动地定在原地，一边认真地听着周围的动静，一边闻着空气中的味道。它既没有听到任何动静，也没有闻到桑德的味道，这下思达尔才真正放心了，那只猎犬应该没有追来。思达尔趴在了雪地上，它用两只前爪抓着那只鸡，张开嘴，用它锋利的牙齿仔细地将鸡毛一根一根拔下来，还不停地甩着头，想把沾在牙齿上的鸡毛甩开。一阵大风将那些拔下来的鸡毛吹走了，其中有一根被吹到了一棵白杨树上——就是杰克和他爸爸看见的那根鸡毛。

思达尔刚开始享用这顿它好不容易抓来的美食，就在这个时候，风中传来了一阵熟悉的狗叫声，虽然声音好像是从很远的地方传来的，但是思达尔听得很清楚。它没有心情继续吃那只鸡了，警觉地站了起来，用一只前爪按着那只鸡。思达尔知道，毫无疑问，桑德已经识破了那个骗局，找到了它的脚印，又朝这边追来了。

于是，思达尔叼起那只已经吃了一点的鸡又开始跑了起来。不过，它现在已经不觉得害怕了，因为它有十足的信心可以再一次摆脱桑德的追踪。所以，思达尔并没有像一开始那样拼命地跑，而是有节奏地控制自己的速度，慢慢地跑。它是想节省体力，万一一会儿要是有什么意外情况，也不至于累得跑不动。思达尔一路上跳上了很多倒下的树，但是现在桑德不会再被骗了，它一直跟在思达尔的后面。

其实，思达尔之所以还是跳到倒下的树上，是因为树上没有很厚的雪，地上的雪太深了，它跑起来很费力气。过了一会儿，思达尔又遇到了一条小河，它再次跳进水里，顺着流水漂了很远，又再次爬上岸。它接着跑了一会儿，之后停了下来，像之前那样等着，看看桑德有没有追来。

思达尔可以确定猎犬桑德没有追上来，它肯定又被困在了某个地方。事实也的确如此，可是这一次，桑德并没有像之前那样耽误很多的时间，它很快又找到了思达尔的踪迹，继续往前追，还一路不断地叫着，叫声在安静的荒野里回响着。渐渐地，天亮了，追逐还在持续着。等到临近中午的时候，思达尔会时不时地停下来休息一会儿，然后吃几口美味的鸡肉，补充一下体力。一旦听到桑德的叫声，它又会站起来继续向前跑。

可是桑德呢，它一路都在追着，从来没有机会休息，因为一休息它就可能失去思达尔的踪迹，所以它一直跑着，身体非常累。桑德很执着，只要它还有力气，只要它还能跑得动，它就会一直追下去，绝对不会因为累而放弃。地上的积雪已经很深了，而且雪还在下，思达尔留下的脚印很快就被雪掩盖，身上的气味也很快就被冲淡了。跟在后面的桑德只能在雪地上闻到思达尔留下的淡淡的味道，它现在真的已经非常累了，速度也慢了不少。在前面的思达尔听见桑德的叫声越来越弱，于是又停下来等着。等了好一会儿，终于，它再也听不见桑德的叫声了。

思达尔不知道后来发生了什么，不知道杰克和老杰夫找到了被困在雪中的桑德，已经将它带回了家。思达尔只知道它再也听不见桑德的叫声了，可以放心了。它继续往前走，又过了半个小时，思达尔可以确定桑德再也不会追上来了。此时的它只有两个愿望：第一个是找个地方躲起来，雪地里实在太冷了；第二个就是好好地把那只鸡吃完。于是它带着那只鸡朝着山脚方向走去，它知道山脚有很多石头。

思达尔在一堆巨大的岩石中穿梭着，虽然雪已经堆了很深，但是因为有的岩石很大，仍有一部分露在积雪的外面。最后，它来到了一片石头群中，思达尔非常了解这个地方，这些大岩石中有很多洞穴，里面住着很多金花鼠。以前，思达尔和布鲁斯就经常来这里抓金花鼠。就在这些石头群的后面，靠着山脚的地方，有一块又大又平坦的石头，石头后面有一条很大的缝，刚好可以挡住风雪，里面还住着一只凶狠的豪猪和一只白色的鼬鼠，鼬鼠也会抓金花鼠吃。思达尔悄悄地溜到那块大石头的后面，然后用它那灵敏的鼻子闻着石头缝中的味道。

那只豪猪正在一个壁架上睡觉，那是一只嘴里总是不停地咕噜咕噜叫的老豪猪。它经常会在白杨树林里找一些黄桦树，它最喜欢吃树上那些刚冒出来的嫩芽，当它找不到嫩芽吃的时候，它就会跑到那块大石头的缝里睡觉。

思达尔毫不犹豫地走进了那个石头缝里。它的到来让那只豪猪惊醒了。思达尔经过它身边的时候，听见它磨着牙齿，嘴里发出咕噜咕噜的声音。不过它不会有什么危险，所以思达尔也就没有在意它。思达尔知道，只要自己不靠近那只豪猪就行了。要是把那只豪猪惹怒了，只要它把尾巴一甩，或者是朝思达尔压过来，思达尔就会被豪猪身上的无数根像针一样的刺给扎死。要知道，豪猪的全身可都是武器啊！

思达尔避过那只豪猪，往石头缝里走了过去，那里面很暗，思达尔把嘴里的鸡放在地上，使劲抖动自己的身体，把身上的雪水给甩下来，因为刚刚沾在身上的雪都已经融化了。接着，它小心翼翼地依次舔着自己的四只脚，然后摇了摇头，舔了舔嘴巴，把自己给好好地清洁了一遍。它终于伸开四肢，开始享用美味的食物。这下不会有谁来打扰它了。

思达尔并没有把鸡全部吃完，它的爪子一直放在剩下的鸡肉上面，因为它知道，那只白鼬鼠也在石头缝里。它对鼬鼠可是很了解的。鼬鼠是非常贪婪、邪恶的动物，它们一旦饿了，为了食物，什么事情都做得出来。现在，那只鼬鼠说不定正流着口水准备过来抢呢！所以，思达尔很小心地把剩下的鸡肉放在自己身边，它可不想自己辛辛苦苦偷来的鸡肉被别的动物抢走。放好之后，它舒服地躺下，准备睡一觉。

思达尔睡得并不深沉，它必须时刻保持警惕。思达尔听到了豪猪打呼噜的声音，它也知道那只鼬鼠溜出去寻找食物了。过了一会儿，鼬鼠回来了，它好像一无所获，心情很不好，两只眼睛红红的，看上去非常愤怒。因为它整整出去了两个小时，跑了很多地方，可是一点儿吃的都没有找到。

当那只鼬鼠经过思达尔身边的时候，朝着思达尔不满地咆哮了一声。思达尔不甘示弱，也朝着它吼叫了一声。其实思达尔很不喜欢鼬鼠、水貂和食鱼貂之类的动物，因为它们身上都会散发出一种很强的麝香味。不过，这并不代表思达尔害怕它们。鼬鼠走了之后，思达尔又继续睡觉，醒过来之后，它吃完了剩下的鸡肉。

外面仍是狂风呼啸，雪依旧下得很大，可是，在这个石头缝里，风雪的声音就非常小了，感觉很安全。那只豪猪已经醒了过来，它走到石头缝的入口，看了看外面的风雪，然后自顾自地说了些什么。在这种恶劣的天气里，豪猪也不想出去，它又回到石头缝里，爬到了那个壁架上，继续睡觉了。只要风雪还在继续，任何动物都不愿意出去活动。

第二天早上，风雪终于停了，天也放晴了。思达尔走到石头缝入口的地方，朝外面看了看。一场暴风雪之后，温度降了很多。蓝蓝的天空中，太阳就像一个失去了热量的圆球。外面的阔叶树都裹上了厚厚的冰，其他的树也是一样，地面时不时会有冰块裂开的声音，就像子弹出膛一样。

整个大地被蓬松得像羽毛一样的雪花覆盖着，雪花已经积得很厚了。之前下雪的时候，气温并不是很低，可是现在天寒地冻，雪一点儿也没融化。思达尔这时候走到了石头缝外面，但是不到一分钟，它又退了回来。事实上，思达尔现在非常需要补充体力，在这种天气里，无论做什么事都要花费比平时更多的能量。虽然思达尔已经吃了一只鸡，但是现在又饿了。不过，在这种天气出去觅食，抓到猎物的可能性是很小的。

昨天晚上，石头缝里还是很暖和的，可是现在，石头上已经结了冰。思达尔在两块石头中间找了个地方，蜷缩着身体躺了下来。它把四只脚都裹在身体里面取暖，然后用自己毛茸茸的尾巴护住露在外面的眼睛和鼻子，要不然，一会儿之后，可能它的眼睛和鼻子上都要结冰了。

和往常一样，思达尔睡得并不深沉，它清楚地知道周围发生了什么。当那只老豪猪咕咕噜噜地朝石头缝入口方向走去的时候，思达尔醒了过来。那只强壮的豪猪冲进雪地里，朝最近的一片黄桦树林跑了过去，在它身后的雪地上留下一条很宽的痕迹。思达尔看见它爬到了一棵黄桦树上，开始慢慢地啃着树皮。一个小时过去了，思达尔饿得受不了了，也跑了出去。

它先是在一块石头下面站了一会儿，然后沿着豪猪在雪地上留下的痕迹朝那棵树走去。突然，思达尔看见另一棵树上好像有什么东西在动，定睛一看，原来是六只山雀在树枝上蹦蹦跳跳。思达尔咽了咽口水。其实那些山雀很小，思达尔一口就能吃下一个，可是现在，只要能填饱肚子，什么都是美味。不过，思达尔清楚地知道，它根本没法抓住那些山雀，因为它们在树枝上，而自己不会爬树。

尽管如此，思达尔还是忍不住多看了它们一会儿，然后才转移了目光，又去看那只又胖又老的豪猪。豪猪正全心全意地啃着树皮，并没有注意到思达尔，思达尔看见它身上的刺下面那厚厚的皮毛，还有那厚实的皮肤，这些都是豪猪抵御严寒的武器，也是它保护自己和对抗敌人的武器。慢慢地，思达尔整个身体都陷进了积雪里，几乎看不见四周了。

思达尔努力跳了好几次，终于从雪坑里跳了出来，但是鼻子和眼睛里都进了雪，很难受，思达尔禁不住打了个喷嚏，然后又回到了石头缝里。那时鼬鼠正准备出去。鼬鼠的身体大概只有30厘米长，很瘦小，它敏捷地跳到石头缝外面，然后在那里走来走去，却又不进来。鼬鼠盯着思达尔，咆哮了一声，抽动着它那白色尾巴的后半部分，就像一只发怒的猫。思达尔看见后，只是往旁边跳了一下，然后走进了石头缝里。这时，那只鼬鼠突然一溜烟地跑进了石头缝里。思达尔知道那只鼬鼠很喜欢玩追逐的把戏，它是在引诱思达尔跟着它。但思达尔并没有理它，而是直接走到自己之前睡觉的地方，继续睡觉去了。虽然思达尔很饿，但是它现在无计可施，只能忍着，直到它想出办法为止。

夜幕降临，那只豪猪却没有回来，思达尔觉得有些蹊跷，于是走了出去，想弄清楚它到底在干什么。外面的空气很冷，月亮挂在天上，发出淡淡的光。温度早已远远低于零度了，但是思达尔发现那只豪猪居然在黄桦树上睡着了，看来豪猪吃得很饱，睡得也非常香。当思达尔走到那棵黄桦树下的时候，豪猪居然一点知觉都没有，动也没动。

现在，思达尔看到的是一个宁静的冰雪世界，连风都没有声音。月亮泛出淡淡的白光，照在一棵棵光秃秃的树上，在雪地上投下淡淡的影子。思达尔看不见那些山雀了。在这个夜晚，冬天的郊外就是一个死气沉沉的地方，思达尔只好又回到了那个石头缝里。

思达尔整夜都被寒冷包围着，到了第二天还是一样。那只鼬鼠又跑出去觅食了，但最后还是一无所获地跑了回来。它那时候已经饿得受不了了，变得狂躁起来。它并没有像上次那样冲回来，而是慢慢地走着，眼睛里仿佛冒着怒火，它张开嘴咆哮了一声。接着，那只愤怒的鼬鼠直接朝思达尔跑了过去，就在它快要到达思达尔身边的时候，它把身体弓了起来，准备朝思达尔进攻。这一切发生得太快了，思达尔毫无准备，只是本能地往后面退了几步，躲开了鼬鼠的攻击。

思达尔紧紧靠着石头，突然觉得有点害怕，因为它完全没有料到那只鼬鼠会对它发动突然袭击，而且那只鼬鼠现在看起来真的非常凶狠。如果有路可以逃的话，思达尔早就逃了，可是它的后面就是石头，它已经无处可逃了。鼬鼠露出了它那锋利的牙齿，僵直着两只后腿站在思达尔面前。被吓了一跳的思达尔用力地摇着头，想要躲开鼬鼠的攻击，可是那只鼬鼠像发了狂一样，一下子蹿上来撕下了思达尔嘴上的一块皮，并将那块皮紧紧地咬在嘴里。

思达尔也被激怒了，它四肢并用，发起反攻，咬住那只鼬鼠朝石头缝的上面丢去，然后愤怒地冲上前，在鼬鼠掉在地上之前又抓住了它。经过一番打斗，思达尔杀死了那只鼬鼠，整个石头缝里都弥漫着鼬鼠的味道。思达尔舔了舔正在流血的嘴唇，又摇了摇头，想减轻疼痛。思达尔和其他的狐狸一样，都对气味很挑剔，鼬鼠身上的麝香味和黄鼠狼身上的味道差不多，现在它整个嘴巴和喉咙里都是那股它不喜欢的味道。思达尔走到石头缝的入口处，将嘴里塞满干净的雪，然后合上嘴，再吐出来。它想用这种方法把鼬鼠的麝香味去掉。

就这样，思达尔一遍又一遍地清理着它的嘴，但是它总感觉嘴里还残留着麝香的味道。随后，思达尔回到石头缝里，对着那只已经死去的鼬鼠哼了一声，还扮了个鬼脸。要是在以往，思达尔觉得任何动物的肉都比鼬鼠的肉要好吃，可是现在，思达尔已经饿得不行了。它先熟练地用牙齿将鼬鼠的皮撕开，然后用前爪抓住鼬鼠的身体，将鼬鼠的皮撕了下来。

接着，思达尔把鼬鼠的尾巴拽了下来，因为鼬鼠身上的麝香味就是从尾巴那里散发出来的。最后，思达尔狼吞虎咽地将鼬鼠还温热的身体吞进了肚子里，几乎都没有来得及咀嚼。吃完后，它躺了下来，将舌头压在被撕裂了的正在流血的嘴唇上，这样可以止血。

几个小时之后，天气又变了。天空中没有一片云彩，太阳慢慢地升起来了，今天的太阳依然没有像往常一样，带给人温暖的感觉。过了一会儿，温度好像回升了一点，没有那么冷了。石头缝里面结的冰开始慢慢融化，变成一滴滴的水从石头上往下滴。

原来鹅毛般的大雪也渐渐停了下来，地上厚厚的积雪随着温度升高也开始慢慢融化，融化的雪水慢慢流到不远处还结着冰的小溪和池塘里，于是，那里的冰也开始融化。但是，这只是暂时的，过了一段时间，温度又突然降了下来，石头缝里又结满了一层厚厚的冰，而小溪和池塘里原本在融化的冰结得更厚了。

在天黑之前，思达尔醒了过来，它走到石头缝外面。当它再次沿着之前豪猪在雪地上留下的那道痕迹走的时候，它发现自己黑色的脚上结了一层冰。思达尔又来到那棵黄桦树下，抬头看着树上的

第一章

那只豪猪，豪猪正在忙碌地啃着另一根树枝的树皮。思达尔鼓起勇气，跳到了前面的雪地上。它不知道前面有什么，突然，它脚下一滑，摔了个四脚朝天。

它就这样伸着自己的四条腿在雪地上躺了一会儿，一直没有动。思达尔在想，在目前的情况下，它该怎么做。它尝试着爬起来，可还没等它站起来就又滑倒了。原来，白天因为太阳出来过，所以温度回升，有一部分积雪开始融化成水；可是到了傍晚，温度又开始下降，那些刚刚融化的雪水就又结冰了。

第二次滑倒后，思达尔又尝试着爬起来，这次它动作非常慢，小心翼翼地把四只脚聚到一起，然后放松自己的身体，慢慢地站了起来，然后又很小心地走了几步。终于，它没有再摔倒了。思达尔慢慢找到了一些在光滑的冰面上走路的技巧。

思达尔一掌握这种技巧，就开始使用。现在，光滑的冰面对它来说比一般的路还更好走呢，它可以在冰上滑行，又快又省时间。思达尔就这样快速地滑行了一千米。它很年轻，肌肉和关节很结实，也很灵活。之前，思达尔就像一个囚犯一样在那个石头缝里闷了那么久；现在，它终于有机会可以舒展舒展筋骨了。它开心极了。

思达尔尽情地在冰上跑着。突然，它跳过了一片月桂树丛。它其实是想看看自己能不能跳过去。然后它又绕着那片月桂树丛跑了三圈，思达尔感觉自己的身体就像燃烧起来了一样，这时候的它状态绝佳，抓到猎物的概率也最大。看来时候到了，思达尔准备去寻找食物了。它穿过一片沼泽地，看见了很多鹿。一般情况下，冬天到来的时候，鹿群不会像其他家禽一样躲在封闭的畜棚里，而是成群地聚集在安全的地方，躲避寒冷和它们的敌人，直到春天到来或更晚的时候才出来活动。

可是，这场突如其来的暴风雪迫使这群鹿来到了这片沼泽地，它们没有机会再去找其他更好的地方过冬，所以直到来年的春天，它们只能困在这里。它们的食物也就是一些白杉树或其他能找到的植物。这群鹿很早就来到了这里，可以吃的东西几乎都被吃得差不多了，要等到来年春天，树枝发出新芽，它们才有吃的。看来，它们要面对一个难挨的冬天了。

思达尔跟在那群鹿的后面，沿着它们的脚印走，这样可以省点力气。思达尔追上了它们，走在那群鹿的中间。鹿群走得很慢，思达尔后想捉弄它们一下，于是它朝着一只小鹿冲了过去，小鹿看见思达尔后吓了一跳，立刻跳到了旁边。当思达尔朝着一只长着很长的鹿角的公鹿冲过去时，公鹿用它那坚硬的鹿角对准了思达尔，思达尔只能停下来躲到一边——它只是闹着玩的，它可不想这样无缘无故地受伤。看来，得换点儿其他的游戏。

思达尔又发现一只鹿离开了鹿群，独自走在远处的雪地里。思达尔好奇地看着那只鹿，想知道它到底想干什么。那边的冰面支撑一只小动物都有些困难，更何况是一只成年公鹿。果然，还没走几步，那只鹿就把冰面弄破了，一只脚陷了下去，它开始挣扎起来。费了好大劲，那只鹿终于将脚拉了出来。它又往前走了几步，这一次却突然掉进了一个小水塘里，它死命地挣扎着想爬出来。思达尔用充满希望的眼神看着它，那只鹿要是没法跳上岸，就会死在水塘里，到时候或许就是自己的一顿美食了。可是思达尔没能如愿以偿，因为不一会儿之后，那只鹿就从水塘里爬了出来，回到了同伴们的队伍里。

思达尔失望地离开了鹿群。那里根本找不到什么可以吃的东西，它或许可以抓住一只鹿，可是它没有办法将那只鹿杀死，鹿的力气太大了。而且这群鹿已经将地上的草吃得差不多了，思达尔已经找不到什么食物了。

无聊的思达尔又在冰上轻松地滑了起来，突然间，它闻到了一股老鼠的味道，立刻停了下来。它发现味道是从一堆雪中散发出来的，于是它扒开了那堆雪。但是老鼠的味道很淡，思达尔并不十分确定，而且它只能抓开上面的那层雪，下面的土地结了很硬很厚的冰，它根本没办法确定老鼠到底在哪里，只能放弃了。

十分钟过去了，思达尔漫无目的地走在一片月桂树丛里，它在一棵白杨树的树根处发现了一个松鸡的窝。这只松鸡真的很笨，居然把窝安在地上，这是很不安全的，极其容易被其他动物攻击。果然，这只松鸡为它的愚蠢付出了代价。思达尔立刻跑过去捕获了窝里的那只松鸡，然后趴在旁边的雪地上狼吞虎咽地吃起来。吃到一半的时候，它突然停了下来，变得很紧张。思达尔感觉到了危险，它发出一声咆哮，皱起鼻子，身上的毛也都竖了起来。它在原地等着。在淡淡的月光下，另外一只狐狸走进了这片灌木丛，那是一只母狐狸，很年轻，也很瘦，年纪和思达尔差不多大，它们都是春天出生的。

那只母狐狸走到了离思达尔不远的地方，它身上的毛看起来非常光滑。思达尔咆哮起来，警告那只狐狸不要过来，然后迅速地把剩下的松鸡吞进了肚子里。当它嚼着松鸡的骨头时，那只母狐狸就这样看着，一直没有动。终于，思达尔将松鸡全部吃完了，它站了起来。在这样一个难觅食物的寒冷冬夜里，思达尔看着那只母狐狸，它不想和它分享自己的食物，但对它并没有恶意。它们都是狐狸，思达尔甚至想和它做朋友。于是，思达尔朝它走了过去。

那只母狐狸名叫维克，它一看见思达尔走过来，就立马转身跑了起来，但是它跑得并不快，思达尔很轻松就追上了它。维克身上的毛都蓬松起来，这让它的身体看起来有平时的两倍那么大。维克防备地朝思达尔扑了过去，在思达尔脸上咬了一口。其实如果维克真的想杀了思达尔的话，它完全可以做到，但是它那时候和思达尔一样，是一只孤单的狐狸，它其实并不是真的想伤害思达尔。

思达尔就像一只狗一样摇着尾巴，鼻子里倒抽了一口气。它

第二章

聪明的
狐狸

闻到维克的嘴和下巴上有淡淡的兔子的味道，看来维克刚刚吃了兔肉。接着，思达尔朝着维克向前跳了一步，维克立即往后退了一点。就这样周旋了一会儿之后，它们互相认识了，并且一起走在冰面上，偶尔还会停下来，一起开心地玩一会儿，就像两个要好的小伙伴一样。

这时候的它们还没有寻找伴侣的想法，因为它们年纪都还小，而且离狐狸的交配季节还很远。它们之所以会在一起玩耍，只是因为当时它们都觉得很孤单，只是想要有一个玩伴而已。维克朝着山里稳稳地跑着，思达尔满足地跟在它旁边。就像其他动物一样，当它们跑累了的时候，就会一起到月桂树丛里休息。当它们觉得饿了的时候，就会离开那个灌木丛，出去寻找食物。

狐狸一般在白天觅食，除非饿得受不了，或者是害怕人类布下的陷阱，它们才会在夜晚捕食。到处都结了冰，思达尔和维克知道附近没有它们的敌人。这一天，天已经亮了，它们放心地朝着白尾灰兔住的一片草地走去，然后维克离开了思达尔。

思达尔钻进了草丛里，它几乎都不用闻，就知道这里一定有食物。其实那些白尾灰兔也和思达尔一样，被暴风雪困在这里，它们现在也在寻找食物。在附近的灌木丛里、树枝上，还有草丛里，连一些小路和河岸上都能找到它们。思达尔循着味道来到了一条小路，那里刚刚有一只白尾灰兔走过。思达尔跟了上去。

思达尔仔细搜索着，根本就不着急，它对自己很有信心。思达尔想，这只白尾灰兔发现自己被跟踪后可能会藏到洞里去，要不就会拼命逃跑。如果它真的藏到洞里，思达尔就没有办法了，只能放弃。但是如果它在发现思达尔之后选择奔跑的话，思达尔就会拼尽全身的力气去追，如果它跑得比那只白尾灰兔快，它就一定可以抓到。

白尾灰兔的味道越来越浓了，它应该就在前面不远处，思达尔跳着跟在后面。突然，它看见维克正抓着它追的那只白尾灰兔到了一棵铁山树下，于是思达尔朝着维克跑了过去。维克看见它，发出了一阵咆哮，它这是在警告思达尔，兔子是它先抓到的，所以思达尔不应该和它抢。然后维克转了个身，跑到远处蹲在了地上，开始吃起兔肉来。过了一会儿，当维克吃饱了之后，它站了起来，舔了舔嘴巴，这次它没有像之前那样咆哮了。

思达尔才走了过来，吃掉了维克没有吃完的兔肉。维克已经把好吃的部分都吃掉了，只剩下一点骨头，那点骨头对急于填饱肚子的思达尔来说是远远不够的。可是思达尔也没有办法，有得吃总比没得吃要好，而且它们还偶然地发现了一个新的捕猎方法，那就是两只狐狸协同作业，一只埋伏起来，一只在后面追，这样抓到猎物的可能性比一只狐狸单独行动要有效多了。

那天晚上又下起了大雪，原来的积雪又增高了几厘米。维克不知道跑到什么地方去了，思达尔独自玩着一根木棍，它用嘴咬着木

第一章

棍使劲摇着头，将木棍丢到空中，再在木棍掉到雪地上之前跑过去接住。有时候，思达尔将木棍扔到空中之后也不过去接，而是等木棍掉到地上之后扑过去抓住。

这样重复了几次之后，思达尔就觉得没什么意思了。它跑到了一截长着苔藓的木头后面，那里刚好挡住了风，思达尔趴在雪地上，身子蜷缩在一起，用尾巴绕在眼睛和鼻子外面，慢慢睡着了。天亮的时候，思达尔醒了过来，离开了那块木头。它觉得又饿又孤单，现在又只有它自己在这里了。

饿一点儿倒无所谓，但思达尔真的很怕孤单，所以它决定到山脊那里去看一看能不能找到它的伙伴维克。当思达尔走到一个小山坳附近的时候，它突然听见了两只猎犬的叫声。山里的早晨很安静，所以思达尔听得特别清楚。思达尔跳到一块被雪覆盖的大石头上，以便听得更清楚一点。它通过声音来判断，这两只猎犬都不是上次追它的桑德，它对那次的经历印象很深刻，一直记着桑德的叫声。

一开始，狗叫声还是会让思达尔惊慌失措，可是它又很喜欢在被追的过程中突然中断自己的脚印来欺骗那些猎犬，思达尔觉得这样很有趣。思达尔听出那两只猎犬就是朝自己这边追过来的，它既紧张又兴奋，好像在等着它们来追自己一样。就在那个时候，思达尔看见了维克，原来那两只猎犬是在追维克，它看见维克正在往树林里跑。

维克走了之后，思达尔从石头上跳了下来，躲在后面一直等到它看见那两只猎犬。那是两只蓝斑猎犬，比桑德的个头要小一点，它们身上各有一道条纹，那说明它们是杂种狗。这时，那两只猎犬也看见了思达尔，都兴奋地狂叫起来，它们发现猎物了。思达尔知道情况不妙，立刻拔腿就跑。

第二章

一　猎狐犬

戴德·麦特森一直独自一人住在一座有着三间小屋的房子里，那房子坐落在一个叫作哈格山谷的入口处。哈格山谷里的树木非常茂盛。不知道从什么时候开始，戴德有了一个外号，叫作"森林里的小偷"。的确，他就是一个小偷。

夏天的时候，戴德会背着一个麻布袋在森林里晃荡，找一些可以治病的药草，然后卖了挣钱。到了秋天和冬天的时候，戴德会设下一些陷阱来抓一些动物，然后将动物的皮毛扒下来去卖钱。可以这么说，如果戴德离开了森林，他可能就活不下去了。不过，生活在哈格山谷中辛勤劳作的农场主们并没有因为戴德做的事情责怪他，很多农场主都在想，如果可能的话，他们也很乐意卖掉自己的农场，然后像戴德一样过着隐居的生活。

但是，他们不会像戴德那样生活，因为戴德的名声很差。并不是因为他做了什么特别坏的事情，也不是因为他做着别人都没有做的事，而是因为那些其他人只在年老或者迫于无奈的情况下才会做的事情，戴德却做得理所当然。

我们可以肯定，戴德餐桌上的食物一定非常丰盛，因为他在森林里可以抓到很多猎物。他只要遇到了动物，无论这些动物的皮毛值不值钱，都会毫不犹豫地把它们杀了。有很多人怀疑，戴德用毒药滥杀了很多动物，然后扒了它们的皮毛去卖。戴德还杀过河狸，但是森林的狩猎监督官从来没有发现戴德有不法行为，因为戴德对自己狩猎和设陷阱的地方都非常熟悉，他绝对不会让森林的狩猎监督官抓住把柄，就像一只丛林狼知道怎么避开猎人的圈套一样。

其实，在哈格山谷的农场主们看来，这些并不是什么重大的罪过，是戴德本身的一些东西看起来和那些农场主不同，让别人觉得他是一个冷冰冰的人。在哈格山谷里，大家都非常友好，喜欢互相帮助，而且不求回报。但是对于戴德来说，不论他做什么事情，好像都要得到回报才行，这也是他和大家不同的地方。他从来不会关心其他的人和其他的事，除了他自己，以及他的两只猎犬。

一个冬日，天快黑的时候，戴德打猎归来。他的手里握着一把猎枪，两只猎犬都非常疲惫地跟在他的脚边，可是戴德肩膀上并没有什么猎物，看来，这次打猎是空手而归了。到家以后，戴德把两只猎犬拴在了狗舍里，给它们喂了食物。接着，他自己也吃了晚饭，饭后，他若有所思地看着窗户外面的黑夜。过了一会儿，他戴上帽子，穿上夹克，然后开门朝着杰克家的农场走去。外面的路上都结着厚厚的冰。

一会儿之后，戴德到了杰克家门口，他敲了敲门。杰克开门，看见是戴德，便打招呼说："你好，戴德先生。"一般来拜访的客人要等主人请他进去的时候才会进门，可是戴德不管这一套，他跺了跺脚，将橡胶鞋上的雪抖落下来，然后径直走进了杰克家温暖的厨房里。杰克的爸爸老杰夫正在看杂志，看见戴德进来后就把杂志放到一边。

杰克的妈妈正在缝衣服，抬起头看见是戴德来了，便问："戴德，要喝杯咖啡吗？""好的，谢谢！"戴德回答说。当戴德喝着热腾腾的咖啡时，老杰夫问他："怎么了？"戴德回答说："杰夫，我觉得很奇怪，今天我带着两条猎犬进山了，我们看见了一只'幽灵'狐狸。"杰克正安静地坐在椅子上，他立刻被戴德的话吸引了。因为他知道，幽灵狐狸是一种很难捉的狐狸，它们的行踪就像幽灵，很难确定。到目前为止，这种狐狸在哈格山谷里不超过四只，如果能再发现一只，可是一件非常让人激动的事情。

老杰夫和杰克一样好奇，他问道："戴德，你在哪里找到它的？""不是我找到它，是它找到我的。当时我正在斯普水沟那里，我的猎犬们好像闻到了猎物的味道，它们循着味道往前走，然后我就看见一只狐狸在前面跑开了。据我判断，那应该是一只母狐狸。我看见它从水沟前面的一个缺口跳了过去，于是立刻跟上，想抓住它。可是就在这个时候，我的猎犬们突然疯狂地叫了起来，就好像它们已经抓住了一只狐狸。于是我立刻冲了过去，我怕猎犬们把狐狸的皮撕破了，那样我就没法卖了。"这时，戴德停下来，喝了一口咖啡，他好像是故意吊大家的胃口一样。很显然，他的听众们都对他的故事很感兴趣。

老杰夫等得有些急了，催促说："然后怎么了？"戴德这才继续说道："然后我赶过去查看，才知道我的猎犬根本就没有抓到那只母狐狸，原来那只母狐狸有一个同伴，那是一只幽灵狐狸，它把我的猎犬引开了。那只幽灵狐狸好像一直等在那里，直到我的猎犬们就要冲上去的时候它才拼命地跑开。大部分公狐狸如果看见母狐狸被猎犬追，都会把猎犬引开的。"老杰夫点点头说："是的。"然后戴德接着说："那只狐狸就在我的猎犬前面跑着，我仔细地观察了一下它的脚印。我在森林里生活了这么多年，却从来没有看到过这样的狐狸脚印，我数过了，它的每只前脚上都有六个脚趾头。我当时就想：'好吧，大脚先生，你想摆脱我的猎犬是吧，那我倒要看看你能不能躲开我的猎枪。'那时候，我已经知道这只公狐狸是为了救那只母狐狸才出来引开猎狗的，于是我改变了抓它的方法。我看见公狐狸是直接朝前面跑的，所以它应该不会再回到母狐狸那里。"

这时候，戴德又一次停下来，喝了一口咖啡。杰克屏住呼吸听得津津有味，他觉得戴德说的公狐狸就是来他家偷鸡的那只狐狸，因为它有六个脚趾头。桑德因为追它还被困在雪地里，是的，杰克觉得肯定就是同一只。

戴德又接着说："一般的公狐狸肯定会朝前面跑，把猎犬引开，这样就能保护母狐狸了，然后它才会设法甩开猎犬。我看见那只公狐狸朝着左边的那条熊掌小溪跑了过去，然后越过山谷最上面的那个坳口，而没有翻过那些积满雪的石头。于是我立刻跑到了坳口那里，躲在月桂树下面，我想在那里也许可以抓住它。"

戴德把杯子里的咖啡一下子喝完了，然后接着说："又过了一会儿，我听见了猎犬的叫声。它们朝着我站的月桂树这里跑了过来，就在离我不远的地方。然而那只公狐狸没有过来。"老杰夫说："肯定是它过来的时候你没注意。"戴德点点头说："可能吧，可能是我没注意，可是你听我说完后面发生的事。就像我预料的那样，那只公狐狸朝着熊掌小溪跑了过去。我当时很生气，我居然没能在坳口那里抓住它，所以我只好跟着跑向熊掌小溪，看看它要干什么。两只猎犬也是疯了一样地追赶着，可是它们也不知道那只公狐狸跑到哪里去了。"杰克屏住呼吸问道："它在哪里？"戴德回答说："我也想告诉你，但是我不知道。在小溪的尽头处有一棵很高的云杉树，那只狐狸的脚印就在离云杉树两米的地方消失了！"老杰夫不解地问："消失了？"戴德说："是的，到那里就没有了！"老杰夫又问："那时候熊掌小溪结冰了吗？""没有啊，水在流着。""或许它跳进小溪里了？"老杰夫推测着说。但戴德反驳说："一只狐狸怎么会从九米高的地方跳下去？""或者它爬到云杉树上去了？"戴德又说："红狐是不会爬树的。""我也很了解红狐，我当然知道红狐不会爬树，可是我知道它们会用树来中断它们的踪迹，以欺骗追踪它们的猎犬。那棵云杉有没有长得比较低的树枝？"老杰夫慢慢地说。戴德回答说："是的，有很低的树枝，但是如果那只狐狸躲到树上去了，我的猎犬也会发现它啊！""有些猎犬可以，有些猎犬可能发现不了。"老杰夫回答说。戴德听了之后不服气地说："我的猎犬肯定可以的！我仔细检查了那棵云杉，没有发现那只狐狸。那确实是一只幽灵狐狸，谁要是抓到了它，可就算得上是一个真正优秀的抓狐狸的猎人了。"听了这话之后，老杰夫的眼睛突然亮了起来，他说："难道它可以躲开你的猎枪的子弹吗？"戴德本来就因为老杰夫认为他的猎犬很没用而有点生气了，又听见老杰夫这样说，火气更大了，他说："绝对不可能，我一定会抓到它，然后扒下它的皮证明给你看！谢谢你的咖啡！"

刚说完，戴德就面带不悦地放下杯子，站起身大步走到门边，走进了寒冷的冬夜里。老杰夫咧开嘴笑着看戴德离开，而杰克则不

第一章

解地看着他的爸爸，问道："爸爸，你觉得事实到底是怎样的？"老杰夫回答说："就像戴德说的那样，他其实判断得都没有错，只不过他是一个不擅长想象的人，所以他只能描述最基本的事实。"杰克还是满腹疑问："可是一只狐狸又不会像鸟儿一样飞，它怎么会突然间消失呢？"

这时候老杰夫开始回忆起他年轻时独自抓狐狸的情形，他很喜欢那时的生活，他说："就像我们人类会有笨的人和聪明的人一样，狐狸也分为笨狐狸和聪明的狐狸。但是一般情况下，说到灵活的头脑和骗人的技巧，狐狸的花招可比一个专业的魔术师还要多呢！一个男人加上一只猎犬，甚至是好几只猎犬，也不一定能抓到一只红狐，红狐可狡猾着呢。如果不是为了钱去打猎，你会发现抓狐狸是一件非常有趣的事，那可是和狡猾的狐狸斗智斗勇啊！"杰克接着问道："那爸爸怎么知道那只狐狸从戴德身边跑过去的时候，戴德没有看见它呢？"老杰夫回答说："我觉得那只狐狸早就知道戴德的想法，所以在戴德发现它之前，就已经从戴德身边溜走了。它也只有避开戴德才能脱身，戴德的两只猎犬在后面追，戴德在前面守株待兔。那只红狐很聪明，想办法从戴德身边溜走了。那时候，戴德是不会注意到茂密的月桂树丛中悄悄溜过的红狐的。"

杰克听了爸爸的话后，又把整件事想了一遍，思绪又飘到了别处。今天是星期三，距离星期六还有两天。到了星期六，桑德说不定就可以跑起来了。还有，那只红狐是很好辨认的，杰克知道它的前脚上有六个趾头。而且它肯定是一只幽灵狐狸，它居然能够摆脱经验丰富的猎人戴德和他的猎犬，看来这只狐狸真的不简单啊。想到这里，杰克又接着问他爸爸："那你怎么知道那只狐狸是想中断自己的踪迹来骗人呢？"老杰夫摇了摇头说："你应该问那只狐狸才对，我的猜测主要是因为那棵云杉树，我总觉得会和云杉树有关系。的确，红狐是不会爬树的，但是这只红狐可能会跳到低低的树枝上，然后沿着树枝往上爬。就这样越爬越高，直到能够跳到小溪的对岸去。不然的话，整件事情就说不通了，除非红狐掉进了小溪里。"

这时候，杰克走到了后面的走廊上，想看看桑德是不是在那里。桑德看见杰克走了过来，便起身走到他身边，等着他像往常那样抚摩它。桑德身上的毛是黝黑黝黑的，那次追思达尔追了很久，它的两只前脚皮都磨破了，而且流了血，现在伤口还没有痊愈，所以走起路来还有点跛。但是，只要再过两天，也就是星期六，桑德的脚就可以完全康复了。

那天夜里又下了一场雪，原来厚厚的积雪变得更厚了。

第二天，天气依旧寒冷，杰克检查了一下桑德的脚，发现擦伤还没有好。杰克有一些着急，他在桑德受伤的脚上抹了油，然后给它做按摩，还想用皮革给桑德做四只鞋子，那样桑德的脚就不会轻易受伤了。但是老杰夫不同意杰克这么做，他觉得桑德作为一只猎

聪明的狐狸

犬，肯定要经常去一些危险的地方，所以脚要很自由才行，这样它的动作才会灵活，鞋子会影响它的奔跑速度。除非鞋子做得非常专业、非常合脚，不然反而会让桑德的脚受伤。

星期六早上天还没有亮，杰克就醒了。他从厚被子底下抽出一只手来拿袜子和内衣——他昨天晚上将它们放在椅子上了。天气太冷了，杰克可舍不得从温暖的被子里爬出来，他躲在被子里换下睡衣，穿上了内衣和袜子。最后，他终于从床上爬起来，匆匆地套上了裤子和衬衫，他甚至还没来得及扣上纽扣，便急着穿鞋，鞋还没穿好就立刻冲出房间，跑到了楼下温暖的厨房里。杰克看见爸爸老杰夫正站在厨房水槽的旁边，面前放着一盆热水，他正在洗脸，妈妈正在准备早餐。杰克这时候才慢慢地把衬衫的纽扣给扣上，然后弯下腰把鞋穿好。他感觉裤子太紧了，很不舒服。妈妈见了便问："你的裤子是不是太紧了？"杰克回答说："有一点儿。"妈妈感叹地说："你怎么长得这么快，这条裤子我给你做了没几个月，而且它的质量很好，很耐穿，我还想着你能多穿些日子，没想到这么快就小了。把这条裤子给皮特·梅森吧，他应该还能派上用场，今天我们到卡尼小镇上再给你买条新的裤子。"杰克听了之后也没有说什么，即使他说了什么也没有用。杰克有一套很好看的衣服，但只在正式场合才能穿，妈妈给他买衣服时一般只会考虑衣服实不实用，耐不耐穿，而不会考虑杰克是否喜欢。杰克不论去上学还是在农场工作，都穿着那条耐穿的裤子。其实，他真正想要的是一条打猎穿的马裤，裤腿可以很贴身地塞进打猎穿的靴子里。但是杰克知道，他的妈妈是不会给他买的。

杰克的爸爸老杰夫有一条那样的马裤，但是它大多数时间都被挂在柜子里，老杰夫很少有机会穿。杰克一直想要那条马裤，他知道，只要系上一根皮带，他就可以穿上那条马裤。但是杰克记得爸爸说过，14岁的他还太小了。杰克穿好鞋后开始洗漱，当妈妈准备好早餐的时候，杰克溜了出去。天还没有亮，桑德就看见了一个黑黑的影子，它知道那是杰克，于是跑了过去。杰克俯身摸了摸桑德，桑德的身体高兴地扭来扭去。杰克摸到了桑德冰凉的鼻子，他把自己的大腿抵在桑德的鼻子上，这样就可以暖和起来了。杰克又握起了桑德的一只前脚，放在手掌里慢慢地摸着。桑德也任由杰克这样摸着自己受伤的脚，没有往后缩，它知道主人是想它的脚快点好起来。桑德脚上的皮还没有长好，还需要过一段时间才可以像以前一样奔跑。杰克很纠结，他一方面很想去抓那只狐狸，另一方面又很担心桑德的伤，这时候出去，伤口可能会恶化。

杰克回到屋子里，坐到餐桌上准备吃早餐。他的爸爸妈妈正在讨论今天去卡尼小镇的事情，他们每个月会去小镇两次，买一些必要的生活用品。他的爸爸妈妈总是在早晨把家里的一些农活做好，然后赶着去镇上，而且一般到天黑的时候才回来。杰克可以和他们

第一章

一起去，但是他宁愿自己一个人待在农场里，因为对他来说，一整天没有大人管着，那种感觉很好，他可以想做什么就做什么。杰克吃过饭之后给桑德也喂了食物，然后和老杰夫一起去了畜棚。桑德跟了进来，当杰克叉着干草给奶牛吃的时候，桑德就舒服地睡在旁边的一堆草上。杰克像往常一样给奶牛和马喂食，他在水槽里添上新鲜的水。就在所有的农活都要做完的时候，杰克终于忍不住了，他问老杰夫："爸爸，你觉得桑德今天可以出去跑了吗？"这个问题从早上开始就一直困扰着杰克。老杰夫皱着眉头想了一下，然后看了看桑德，他什么也没说，又转过身继续干他的活，过了一会儿才给杰克留下一句话："孩子，桑德是你的狗，它可不可以跑应该由你自己做判断才对！"杰克明白他说什么也没用了，爸爸是让他自己做决定。杰克知道自己年纪还太小，还穿不上爸爸的马裤，或许等到他可以自己做决定的那一天，他就能穿上爸爸的马裤了。桑德从干草上站起来，摇着尾巴跑到一个石头缝那儿，老鼠们就躲在里面。突然，杰克发现桑德走路的时候脚不跛了。

等杰克和老杰夫把所有的农活都干完的时候，东方的天空终于出现了一丝亮光。老杰夫把农用汽车从屋子里开了出来，停在厨房门口。一会儿之后，杰克的妈妈穿着厚厚的外套走了出来，站在汽车旁边。坐在驾驶座上的老杰夫问杰克："你不和我们一起去？"杰克回答说："我不去了，我今天想待在家里。"杰克的妈妈坐到老杰夫的旁边，伸出头对杰克叮嘱道："冰箱里有猪肉和牛奶，午餐你就吃块三明治吧，晚上等我们回来再吃好吃的。"杰克听话地说："我知道了。"老杰夫一边发动汽车，一边不放心地对杰克说："一个人在家里别顽皮啊！"然后，汽车在结冰的小路上慢慢开动，驶上了门口的大路。

杰克看着他们慢慢远去，用手摸摸桑德的头。他有点后悔自己没有和他们一起去。因为如果他和爸妈一起去了卡尼小镇，他就不用烦恼到底要不要带桑德出去打猎了。杰克看了看农场不远处的小山，整座山上都盖着厚厚的白雪，还能看见稀稀疏疏的几棵树。冬天的时候，小山上的树木都枯萎了，只有那些比较矮小的灌木能在寒冷中生存下来，给苍白的小山带来一丝绿色。等到夏天的时候，山上的树木就会变得非常茂盛，所有的乔木和灌木都会长满绿色的叶子，到处都是生机勃勃的景象。

杰克的心突然跳得很快，他好像听见了他想象的声音，积雪的山上好像有只狐狸正在雪地上跑着。这时候，杰克终于知道该怎么做了，他可以不让桑德去追狐狸，而是用一根皮带把桑德给拴住，只去山里看一下到底有没有狐狸。这么一想，杰克心里舒服多了，他终于不再烦恼了。于是杰克回到屋里，拿起猎枪，装上子弹，朝地上打了一枪，看了看弹孔。杰克觉得，不穿雪地鞋也可以，因为外面的地面上都结着冰，而昨晚积的雪并不厚，不会阻挡他们的脚步。杰克在桑德的脖子上系了一条短链子。就这样，桑德高兴地跟着自己的主人出去了。

　　他们先穿过了田野，杰克发现雪地上有脚印，看来已经有人去山里了。一路上，杰克看见很多白尾灰兔在雪地上玩耍，快活地跳来跳去，还有很多老鼠在跑着，雪地上留下了很多它们的脚印。不过，杰克突然发现一只白尾灰兔的脚印中断了，这很奇怪，就在脚印中断的地方有一道好像是翅膀划在雪地上的痕迹。杰克推断可能是一只正在觅食的猫头鹰发现了这只白尾灰兔，然后俯冲下来将兔子抓走了，所以才会留下这样的痕迹。

　　杰克和桑德离开田野，走进了树林里。突然，杰克被一串长长的，好像是某种猫科动物的足迹吸引了，他停下了脚步。杰克发现那脚印应该是野猫的，而且是在不久之前留下的。其实斯特布昨天晚上就在这里徘徊，它那时候很饿，它也想到农场里去偷点什么填饱肚子，可是它没有思达尔的勇气，最后还是没有去。杰克看见斯特布的脚印一直蜿蜒到山上，朝着很深的荒野里去了。桑德抬起头，站了一会儿，深深地吸了一口气，又叫了一声，它好像一下子兴奋起来了。猎犬的本能被调动了，附近应该有什么东西。这是桑德第一次被杰克套上链子。杰克也激动起来，跟着桑德开始跑。桑德刚才的叫声肯定不是因为它闻到了白尾灰兔或田鼠的味道，或者是斯特布的味道。桑德天生是一只猎狐犬，所以它对狐狸的味道很敏感，杰克知道他们接下来肯定能发现狐狸的踪迹。

终于，他们在半山腰发现了狐狸的脚印，那串脚印非常清楚，而且就是不久前留下的，或许就在杰克和他爸爸早上忙农活的时候。通过脚印，杰克判断不是那只幽灵狐狸，因为前脚上并没有六个趾头。桑德跑到杰克身边，也不管系在它脖子上的铁链，只是兴奋地拖着杰克沿着狐狸的脚印往前跑。自从闻到了自己的天敌——狐狸的味道之后，桑德一直大声地抽着气，嘴巴也一直动个不停。桑德跑得很快，杰克拽着链子的手被拉得生疼，他用另一只手摸了摸手上的勒痕。这时候，他有点不忍心再继续这样拴着桑德了，他做不到。桑德的脚伤还没好，而且现在他们正在追踪的只是一只普通的狐狸。于是，杰克把猎枪夹在胳膊下面，然后抓住了扣在桑德脖子上的颈圈，先慢慢地把颈圈松开，再用另一只手解开。就在那一刻，桑德向前跳了出去。

这下终于自由了，桑德不断地发出一阵阵叫声，声音飘荡在寒冷的空气里，很响亮，也很有规律，和远处的回声汇合在一起，就像是在合唱一样。这是战歌，一只猎犬的战歌，它是通过歌声来鼓舞自己和主人。桑德跑得很快，一会儿之后，杰克就看不见它的身影了。杰克非常希望能把桑德叫回来，可是他也知道那是不可能的。因为杰克从来没有训练过桑德，比如听到猎号后就跑回来，这里的猎人一般也不会给自己的猎犬做这样的训练。不论吹口哨或大叫都没用，桑德肯定听不见，它已经跑得很远了。杰克觉得，这时候自己要做点什么才行。

那些在山里带着一只或两只猎犬抓过狐狸的猎人都知道，想要抓到狐狸是需要技巧的。猎人如果是独自一人的话，一定要了解他面对的情况，然后像一只狐狸那样去思考才行。狐狸的技巧都是为了骗过它的猎物。猎人们会根据平时积累的经验，再加上猎犬们的辅助，搜寻狐狸的踪迹，然后在最短的时间里找到或抓住狐狸。如果猎人在追踪的过程中所有的判断都是正确的，他最后肯定会射中那只正在逃跑的狐狸。就这样静静地等了一分钟，杰克听见了桑德急促而激动的叫声。杰克推测桑德是找到了狐狸的窝，或许那只狐狸现在正在一个峡谷的月桂树下面休息呢。又过了一会儿，桑德的叫声好像又恢复正常了，它应该是紧跟在狐狸的后面吧！杰克真想看看到底是什么样的情况，好决定自己接下来该怎么做。最后，杰克觉得那只逃跑的狐狸应该不会越过峡谷，爬到山的另一边去。它之所以在峡谷那里休息，肯定是因为它在那里发现了猎物。既然它的脚印是不久前留下的，那么它应该是饿着肚子找了一晚上的食物，但是什么都没有找到。而它最后又走到了峡谷那里，这说明它的窝，或者说它的觅食范围就在峡谷那里或者附近。那只狐狸很有可能会到外面绕一圈，再回到峡谷附近。

既然已经猜到了狐狸的行踪，杰克就立刻开始行动了，他以最快的速度跑到了山上，又朝着那个峡谷的方向跑去。他在一片白杨树林里停了下来，调整好自己的呼吸，以免被狐狸发现。就在杰克慢慢调整呼吸的时候，他发现自己犯了一个错误：桑德的叫声告诉他，狐狸是靠近了，但它并没有穿过白杨树林，而是进了一片狭长的铁杉树林。那片铁杉树林就像一条从山上挂下来的绿色丝带一样，离杰克所处的位置将近300米远。即便现在开始跑向铁杉树林，也为时已晚。尽管他一直在叫着桑德的名字，也吹着口哨，但桑德的叫声一直在远处持续着。那只狐狸果然很聪明，从它最开始的脚印判断，它的确是打算穿过白杨树林的，但是它知道追它的猎人会带着猎枪，所以它就利用了这片狭长的铁杉树林。

杰克跑进了铁杉树林里，他发现了两行脚印，应该是桑德和那只狐狸的。杰克看见桑德的脚印上有血迹，肯定是桑德的伤口在这么剧烈的运动下又裂开了。杰克非常自责，要是不带桑德出来就好了！但是现在，他不得不冷静下来，再次思考那只狡猾的狐狸可能往哪里逃走了，然后朝着他猜测的那个方向追过去。这次，他也不管什么狐狸了，只想快点找到心爱的桑德。桑德的脚本来就没好，现在肯定伤得更重了。可是，它还是尽全力追着狐狸，只要它还能跑，它就不会停下来。

不过，那只狐狸并没有朝着杰克猜测的那个地方跑去，它把受伤的桑德远远地甩在后面，然后就不见了。就这样，三个小时过去了，杰克终于找到了桑德。杰克把猎枪放在一棵树下，冲过去抱住了疲惫的桑德，一起躺在了雪地上。桑德好像很不喜欢这样，一直在杰克的怀里挣扎着，它好像很不甘心，还想继续追那只狐狸。但是杰克紧紧地抱住了它，直到它冷静下来，然后又把那个颈圈套在了桑德的脖子上，还是这样比较安全。杰克看见桑德的脚伤得非常严重，看来，这个冬天它都没法再跑了。

二　罪　犯

思达尔躺在一株盛开的杜鹃花下面，享受着春天温暖的阳光。那个异常寒冷的冬天终于过去了。那时，几乎每天都在下雪，每天都在刮风，到处都是寒冷。自从下了第一场雪之后，地上就一直堆着雪，因为温度一直很低，所以雪都没有融化。在那个寒冷的冬天里，只有那些强壮的、聪明的、幸运的动物才能熬过来，才能看见冰雪融化成水流进小溪和池塘里。整个世界好像经历了一场浩劫一样，终于在最后迎来了温暖的春天。思达尔知道它见过的一群鹿，原本有27只，现在只有三只活了下来，可见那个冬天有多可怕。

虽然思达尔也饿了很多天，可是它比其他动物好多了。它毕竟还年轻，长得也比较强壮，而且经过这个寒冷冬天的历练，它学到了很多生存技巧。它发现，如果常常跟在鹿群附近，会有很多回报。因为不知道什么时候，就会有一只鹿累死，或是饿死。在食物非常缺乏的冬天，一只鹿只要一倒下来就意味着一场争夺之战。一些土狼、鼬鼠、貂、食鱼貂、食肉鸟，还有除了思达尔之外的其他狐狸，甚至连老鼠都会跑来争夺鹿肉。随着冬天慢慢接近尾声，倒下的鹿越来越多，竞争也就没有那么激烈了，基本上那些挨饿的动物都能分一杯羹。其实经过这个冬天，思达尔不仅学会了如何生存，还学会了很多其他的东西。

虽然哈格山谷里的人都不喜欢戴德·麦特森，但是每个人都很佩服他的森林知识和打猎技巧，于是大家也都相信戴德说的那只长着六个脚趾头的幽灵狐狸的故事。这个山谷里一共有九只猎犬，还有一只不怎么算得上猎犬的杂种狗。每个狗主人都想抓住那只幽灵狐狸，以此来证明自己的打猎才能和猎犬的价值。他们每个人都说，自己曾经看见过思达尔的足迹，并且追了上去。可是，根本没有哪个猎人能伤到思达尔，这些故事只不过进一步增添了思达尔的神秘色彩。因为这么多猎人都抓不到它，所以思达尔现在在这个山谷里已经很出名了。

事实上，思达尔只被猎犬追过五次，而且只有一次让思达尔觉得差点就被抓住了。那次追它的是一只腿很长、跑得很快的狗，它的主人是伊莱·科特曼，也就是这个山谷入口处一个农场的主人。伊莱只

第一章

见过也只射击过思达尔一次,那次他射击的时候距离思达尔很远,所以根本就不可能射中,子弹射进了附近的一棵树里。但是,伊莱以为他那时候离思达尔并不是很远,所以他就把这件事对很多人说了,他觉得他应该可以杀了思达尔的。听了他的描述,大家都觉得思达尔好像有老天保佑,一次次地躲过了猎人的追捕。

每一次被追捕的经历都让思达尔悟到很多。那时候,它正是身体最健壮的时候,全身都充满了活力。它很喜欢玩耍,也很喜欢被猎犬追,在它看来,被猎犬追着跑就像是在运动一样,它可以借此变得更强壮。而且,思达尔现在知道,一般猎犬都是和主人一起出来打猎的,那一次,它差点被伊莱击中,也让它知道了人类是很危险的动物。但是之后,思达尔对人类的看法又慢慢地改变了。它发现如果猎人跑在他们的猎犬前面,那么他们在森林里就会变得很笨、很无助,不知道怎么办才好。而狐狸们只要从风中闻到了危险的味道,就会立刻跑开。而且,如果由于环境的原因,狐狸不得不顺着风跑,它们也可以通过选择路线来摆脱猎人的追捕。人类不会想到去荆棘丛或者灌木丛里找狐狸,他们甚至会犹豫要不要进入铁杉树丛,因为那里的树枝低矮杂乱,会让他们觉得很危险。同样,人类也不喜欢走在乱石堆里。大多数情况下,猎人们都喜欢在森林中一个很茂密的地方等着他们的猎犬,思达尔就试过很多次,试着去预测那些猎犬的主人会在哪里等它们。也就是在这样的过程中,它像其他极少数聪明的狐狸一样，学到了很多躲开人类的技巧。一般的狐狸被追的时候喜欢绕圈，但是思达尔就会改变这种传统的方式，每当被追时，它会沿着直线跑开。

毫无疑问，有了这么多经历，现在思达尔知道所有的人类都是它的敌人，只要看见他们就要小心。可它并没有像讨厌它的死敌斯特布一样讨厌人类。不过，它不得不承认，猎人和猎犬们对它造成了很大的威胁。

现在，思达尔正安静地躺在杜鹃花下面，它在地底下挖了一个洞，然后钻进洞里看着外面的一举一动。在离它的窝不远的地方，有一只蓝松鸦妈妈，它在一片矮小的黄樟树丛里搭了一个窝。思达尔能够看见那只蓝松鸦妈妈掉在窝里的尾羽，现在它对这只蓝松鸦并不感兴趣，只是觉得好奇。因为它早上吃得很饱，现在也不饿。然而，它知道等什么时候它饿了，这一窝蓝松鸦可是它的一顿美餐。不用多久之后，就会有很多小蓝松鸦出生。它们的窝搭得不高，只要思达尔轻轻跳一下，就可以把它们的窝掀翻。这时候什么声音都没有，突然，一只松鸡飞进了附近一片绿色的灌木丛里，思达尔一动不动，只有眼珠子在骨碌骨碌地转着，它可不想惊动这只松鸡。思达尔慢慢地站起来，张开嘴，好像就要流口水了。虽然它现在还不饿，可是松鸡任何时候都是它无法拒绝的美味。思达尔弓起脖子，头稍稍地朝旁边歪了歪，它是在闻松鸡的味道。

可是这个时候，那只蓝松鸦妈妈看见了思达尔，如果是平常的话，蓝松鸦妈妈应该会惊叫起来，然后飞到一棵安全的树上去，但是现在，它没有动，只是紧紧地靠在自己的窝里。因为现在它还要保护它的孩子们，它可不能发出任何声音吸引思达尔的注意。思达尔呢，它两只耳朵竖了起来，漂亮的尾巴绕在身后，它悄悄地挪动着黑色的脚，因为它看见那只松鸡已经落到了地上。思达尔走得非常慢，机警的眼睛直直地盯着松鸡。它慢慢地绕到逆风的方向，然后在微风中停住了脚步，它的一只前脚弯曲着，头向前伸着，搜索着空气中的味道。它发现两个小时之前，一只公鹿经过了这片灌木丛，它的味道还很浓，没有散去。思达尔还闻到老鼠们正在它们地底的窝里爬着，上面的土地上落满了松针，还有一只尾巴竖着的金花鼠在一个长满苔藓的树桩旁边吱吱叫着。但是思达尔就是没有闻到松鸡的味道，它觉得很奇怪，它刚才明明看见那只松鸡跳到了这片灌木丛里，可是很显然现在松鸡已经不在那里了。

思达尔是不会知道这到底是为什么的。刚刚过去的那个寒冷的冬天让所有的野生动物都遭受了很大的伤害，而春天是它们休养生息、孕育生命的季节。几乎每一个灌木丛里都会有一些即将做妈妈的或者已经是妈妈的动物搭的窝，它们这时候只会在灌木丛的附近徘徊，想给它们即将出生的宝宝一个舒适安全的家。松鸡在一年中的其他时候身上的味道都非常明显，但是孵蛋的松鸡是没有气味的。其实那个时候，那只松鸡妈妈就在离思达尔不远的地方，可是思达尔一点儿都没有察觉到。

找了好一会儿都没有什么收获，思达尔也觉得有点累了，只好放弃。思达尔走到灌木丛的另一端，钻了出去。它慢慢地跑到了一个小山坡上，突然，它转了个身，以最快的速度朝它来的那个方向飞快地冲了下去。

看来是有什么情况了。原来，思达尔闻到了软脚狐狸的味道。软脚狐狸是一种体形很大的狐狸，思达尔闻到那只软脚狐狸的妻子刚在地底的窝里生了一群小狐狸。一般情况下，在软脚狐狸们有了自己的孩子时，它们总是会觉得很不安，也很容易发怒，它们不得不忙着给它们的妻子还有孩子找食物吃，所以它们一般不允许其他狐狸靠近它选择的觅食范围。那只软脚狐狸这时候也闻到了思达尔的味道，它发现了思达尔的脚印，于是就顺着它的脚印跟在它后面。软脚狐狸穿过了一片茂盛的小树林，来到了一个满是石头的峡谷里。就在思达尔跑出了那个软脚狐狸自己确定的觅食范围后，软脚狐狸终于停了下来。

就在这件事过后不久，思达尔在树林里第二次遇见了一个刚出生的小动物，这一次它也完全没有发现。那时，思达尔正经过一排刚长出来的白杨树，有很多杜鹃花绕在白杨树的树干上。它忽然看见一只身上长着斑点的小鹿宝宝正躺在地上一动不动，几乎和周围的环境融为一体了，根本看不出来，即使是眼睛犀利的老鹰也很难发现它。就像那只松鸡一样，小鹿身上没有一点味道。突然，思达尔听见了一阵愤怒的吼声，然后又听到什么东西的脚踩在地面上的声音，那其实是小鹿的妈妈发出来的声音。思达尔知道情况不妙，立即拔腿就跑。

那是一只三岁的母鹿，小鹿是它生的第一个孩子，第一次做妈妈的母鹿很关心自己的孩子，它对周围的环境时刻保持着警惕，生怕自己的孩子遇见危险。作为一个妈妈，那只母鹿即使遇上一只凶猛的狮子，也会勇敢地去战斗以保护自己的孩子。

鹿妈妈一发现思达尔就很紧张，怕它伤害小鹿，它追在思达尔后面，直到它认为思达尔没法伤害小鹿的时候才停下来，回到它的孩子身边。思达尔看见母鹿没有继续追自己，也气喘吁吁地停了下来。它想，自己今天运气怎么这么差，到处被追。然后，它又开始四处晃荡。现在思达尔独自生活在野外，它必须知道生活在野外的其他动物的习惯，才能保住自己的性命。思达尔自认为很了解其他动物，但是每次有过这样的经历之后，思达尔的好奇心就会被调动起来。晃荡了一会儿之后，思达尔坐在一块壁架上，把尾巴绕在腿旁边，满脸困惑地想着刚才发生的事，然后又悄悄地回到了那片灌木丛里。思达尔小心地迎着从灌木丛那边吹过来的风走着，这样它就可以闻到母鹿的味道，知道它现在在哪里。母鹿知道思达尔没有跑远，就在这附近，于是它紧张地在小鹿的四周徘徊着。思达尔就像森林里很多其他动物一样，追捕猎物时很有耐心，它就站在那里一动不动。思达尔虽然看不见母鹿，但是它灵敏的鼻子一直在寻找母鹿的味道，耳朵也机警地竖起来。它觉得这件事很奇怪，它无法理解，所以要弄懂之后才会离开。

就这样等了一段时间，那只母鹿终于离开小鹿找食物去了。于是，思达尔慢慢地朝前面爬着，其实它也不太清楚自己到底想干什么，它只是想弄清楚一些事情。可是这时候还有另外一个经验丰富的森林小偷躲在这里，它知道为什么母鹿在每年这个时候躲在灌木丛里，它就是思达尔的仇人斯特布。斯特布也看见了那只小鹿，而且正朝着小鹿的方向爬着。它和思达尔在平行的方向上，所以此时它们都不知道对方就在附近，因为它们的动作都很小心，没有发出一点声音，而且它们都没有闻到对方身上的味道。思达尔走得很慢，它没有蹲着，因为它想看清楚前面有什么。突然，它看见了一双震动的翅膀，于是停了下来。那是一只歌雀，刚才停在一棵白杨树上，因为起风，白杨树摇了一下。歌雀受惊，从树上飞了下来，白杨树枝还在摇晃着。思达尔又继续静悄悄地往前走，这次它稍稍地往左边移动了一点。

思达尔并不是有意往左边移动的，它自己也没有注意到，可是这偶然的移动会使思达尔和斯特布在不久之后相遇。斯特布在思达尔前面一点，所以走在后面的、鼻子很灵敏的思达尔在斯特布发现

第一章

它之前，就注意到了这只野猫。思达尔在一个小土坡那里停了下来，阳光正照在上面，一阵微风吹了过来，思达尔闻到了斯特布的味道。思达尔立刻弯下自己的身体，蹲在地面上一动不动。思达尔的尾巴像愤怒的狗尾巴一样僵直着，它全身的毛都竖了起来，摆出了准备攻击的姿势。思达尔和金黄色的阳光完美地融合在了一起。它非常讨厌野猫斯特布，它无法忘记自己的好兄弟布鲁斯是被这只残忍的野猫给吃掉的。现在，它的死敌就在前面。思达尔看见野猫斯特布走出了月桂树丛，来到了前方的空地上。斯特布这时候也很难被发现，因为它走在树木投下的影子里，而且走得非常慢、非常小心。思达尔看起来没有打算行动，但是它弓起了脖子，黄色的眼睛直直地盯着斯特布，好像在冒着火一样。

野猫斯特布知道这附近有一只小鹿，它相信只要找到它就一定可以抓住它，它有把握。斯特布早就知道小鹿身上是没有味道的，但是哪怕真的要花点工夫才能够抓住它，那也是值得的，因为小鹿的肉可是很嫩很美味的。斯特布一边想一边往前慢慢地走着，它的眼睛在四处搜寻小鹿的踪迹。突然，它朝思达尔所在的那个小山坡看了过去，就在它快要发现思达尔的危急时刻，小鹿的耳朵动了一下，灵敏的斯特布立刻就发觉了，它的注意力被小鹿吸引了过去。那只小鹿就躺在离斯特布不远的地方，那里有三棵长在一起的白杨树，小鹿就躺在树下，它的妈妈去找食物了。一般情况下，在没有

077

妈妈保护的时候，它会躺着一动不动。可是，一只翅膀很硬的飞虫发现了小鹿，那只飞虫狠狠地咬了小鹿一口，叮在小鹿的耳朵上，小鹿觉得很痛才动了动耳朵，想把飞虫赶跑。可是它没想到，它就这样被斯特布发现了。

斯特布并没有着急地跑过去，因为它知道，小鹿的妈妈看见自己的孩子有危险的时候，会变得很疯狂，很难对付。所以，斯特布准备先找到小鹿的妈妈，看看它是不是离小鹿足够远，这样自己才可以确定能不能在小鹿的妈妈赶回来之前把小鹿吃掉。它仍旧往前走着，没有发出一点点声音。此时的斯特布就在离思达尔两米远的地方，它们已经靠得很近了。斯特布停了下来，眼睛还是紧紧地盯着小鹿，它抬起爪子，歪着脑袋。思达尔紧绷的神经已经让它无法忍受了，它的大仇人现在就在眼前！终于，它爆发了。思达尔飞一般地朝斯特布跳了过去，那一瞬间它很清楚自己在做什么。下一秒，斯特布就意识到自己被偷袭了。思达尔扑在斯特布的身上，狠狠地咬了它一口，然后在斯特布反击之前飞快地逃走了。斯特布身上刚才被思达尔咬的地方已经开始流血，原来光滑的皮毛现在变得一团糟。斯特布开始愤怒地咆哮，居然有动物敢这样偷袭它！

正因为刚才思达尔主动攻击，它才有了脱离危险的机会。如果是斯特布先发现了它，然后攻击它的话，那后果一定会是思达尔受伤。顷刻之间，思达尔已经跑到了一棵树下面，它的脸上还保持着那种凶狠的好斗的表情。就在斯特布从突然袭击中反应过来，准备朝思达尔扑过去的时候，思达尔早就不在那里了。等到斯特布跳起来的时候，思达尔又朝斯特布的身体一侧咬了过去。当斯特布再一次朝它扑过去的时候，它又跑了。

接着传来了一阵愤怒的咆哮声和急促的脚步声，原来是小鹿的妈妈被思达尔和斯特布打斗的声音吸引了过来。其实它们打斗的声音不是很大，但是小鹿的妈妈很警觉，它愤怒地跑回来保护自己的孩子。这时候，思达尔跳到了一片月桂树丛后面，它看到情况不妙，而且自己刚才也报了仇，于是拔腿就跑，最后只剩下斯特布留在现场。

愤怒的鹿妈妈把所有的怒气都发泄在斯特布身上，它用前脚朝斯特布踢过去，把斯特布踢得在地上滚了两圈。斯特布连滚带爬地躲开，跳到一棵白杨树上才算保住了自己的性命。鹿妈妈一直在那棵白杨树下徘徊了一个多小时，想抓住躲在树上的斯特布。鹿妈妈用脚踢着白杨树的树干，不断有树叶掉下来，可是斯特布一直牢牢地抓住树干。最后，鹿妈妈终于放弃了抓住斯特布的想法，它带着小鹿离开了，准备另找一片更安全的灌木丛。

这个时候，思达尔已经跑了很远，等它确定自己没有被追，才停下来慢慢地走着。这次它居然碰到了它的死敌，虽然思达尔袭击了它，可是它们之间的账还没算完，因为思达尔并没有将斯特布杀死。只要野猫斯特布活在世界上一天，思达尔的心里就永远不会觉得舒服，它对斯特布充满了仇恨之情。

过了一会儿，思达尔来到了另外一片灌木丛，它闻到里面有很多白尾灰兔，还发现维克之前也到过这里。维克现在也还是孤单的，于是思达尔吸了一口气，高兴地沿着维克的脚印跟了上去。从去年冬天到现在，思达尔和维克经常在一起寻找食物，一起睡觉，有时候还会分开一段时间。现在，思达尔很开心自己又发现了好朋友维克的踪迹。一会儿之后，思达尔来到了一个地方，它闻到维克在那里抓了一只白尾灰兔吃。思达尔这时有些犹豫不决了，它不知自己是不是应该去找维克。思达尔那时候已经饿了，它想做的第一件事就是把自己的肚子填饱，而且它还是喜欢独自找食物，这样就不会有别的动物和它抢了，等吃饱了之后再说其他的事。

思达尔晃晃悠悠地下了山，朝着峡谷和人类农场的方向走了过去。一路上，它觉得很激动，它又要开始恶作剧了，眼睛骨碌骨碌地转着。思达尔知道这样做是自找麻烦，但是它很有把握，觉得不会有危险，而且很有趣。

太阳慢慢地下山了，晚霞映在山谷里，投下长长的影子，山顶也沐浴在金黄色的阳光下，非常好看。这时候思达尔已经走出树林，它看见了克罗利农场前面的一些树木和土堆。

杰夫·克罗利正忙着耙一块刚翻过的田地，这样就可以在明天播种了，他的前面是几匹正在干活的马。在农场前面的草地上，奶牛们吃完了最后一口青草后，满足地踱着步子，朝着畜棚走去。天要黑了，它们也要回家休息了。在一个围栏里，全部都是刚出生的小牛，它们跺着脚，动个不停。鸡、鸭、鹅，还有火鸡都吃了一整天了，一个个肚子饱饱地聚集到了农场前面的空地上，偶尔还啄一下它们在地上发现的食物。虽然杰克和桑德都在农场里，可是思达尔没有看见他们，也没有闻到他们的味道。桑德正躺在那里睡觉，而杰克正在奶牛畜棚里忙着。思达尔用它前面那些零零落落的草丛做掩护，悄悄地朝着一棵刚发芽的枫树走了过去。

思达尔在那棵枫树旁边蹲了下来，看着克罗利农场。它很清楚曾经追过它的猎犬桑德就住在这个农场里，它还一直记得那个下雪的冬夜，桑德一直追着它的情景。思达尔并不怕桑德，因为它现在已经知道自己可以很容易地摆脱猎犬的追踪。突然，思达尔好像僵住了一样。

克罗利农场里的所有家禽几乎都知道天就要黑了，它们应该回到自己的畜棚里去了。但是有一群身上长了斑点的珍珠鸡，不像其他的家禽一样，可能是因为它们有一半的野鸡血统，这么晚了，它们还在那棵枫树旁边寻找食物。最后，它们像说好了一样，都停下来抓草地里的蚱蜢吃，然后像野鸡一样一个个地拍着翅膀，来到枫树边上。它们好像没有回到农场的想法，打算在这里过夜。思达尔一直都没有动，直到那群珍珠鸡靠近了它。它突然朝那群珍珠鸡扑了过去，咬住了其中一只，其他珍珠鸡还不知道发生了什么，都吓得扑腾着翅膀四处逃开，拼命地尖叫着，看来它们受的惊吓不小。已经成功地抓住了猎物的思达尔既没有停在那里，也没有朝后看，而是立刻逃跑。它直接朝着一个蚂蚁冢跑去，在地上清楚地留下了自己的脚印。后来，它听见了来自杰夫·克罗利的声音，还大胆地看了老杰夫一眼，它看见老杰夫没有继续干活，而是朝着自己刚才待的那棵枫树跑了过去。

思达尔一直跑得很快，等它跑进了树林里，就放慢了速度，它想，老杰夫他们应该不会这么快追来的。然后思达尔就在附近找了一个灌木丛，躲进去开始吃那只珍珠鸡。有很多次，思达尔吃着吃着就停了下来，抬起头望向刚才自己跑过来的地方，看看有没有人追过来。思达尔没有听见猎犬的叫声，也没有闻到猎人追过来的气味，这下它可以放心了。最后，思达尔终于满意地吃完了它的美食，舔了舔嘴唇之后，高兴地走进了山里。

老杰夫之所以没有追过来，是因为他只喜欢在雪地里带着猎犬去抓狐狸，现在早就没有雪了。而且，桑德现在还很小，天也快黑了，但如果他追着思达尔到树林里的话，他不仅抓不到思达尔，还可能会迷路。事实上，老杰夫看见了思达尔留在蚂蚁冢上的脚印，而且认出它的前脚上有六个趾头，老杰夫知道，这就是上次来他们农场偷鸡的那只狐狸。一般情况下，在天还亮着而且附近还有人的情况下，只有那些很大胆很狡猾的动物才敢攻击家禽。思达尔是一只幽灵狐狸，再一次向人类暴露了它的行踪。老杰夫还想着要不要在那里做一个陷阱，以防思达尔再回来。最后他还是没有做，因为老杰夫知道，他的珍珠鸡特别喜欢在这样的树丛旁边过夜，有时候火鸡也会到这附近来觅食，如果在这里设陷阱的话，可能不仅抓不到思达尔，还会伤到自己养的家禽，或者是其他经过的猎犬。

其实，聪明的思达尔是不会回来的，它已经跑到山里去了。虽然思达尔在枫树那里抓住了一只珍珠鸡，也知道其他的珍珠鸡就在那附近，如果它回去可能还会抓到，但是思达尔更清楚的是，它已经被人类发现了，如果再回去肯定有危险。聪明的动物都知道，不能在同一个地方觅食超过一次。所以接下来的两个星期，思达尔一直老老实实地待在山里，没有再靠近克罗利农场。这下，越来越多的人知道思达尔的坏名声了，它现在都敢在光天化日之下到农场里抓鸡了。杰夫·克罗利把思达尔来偷袭的事告诉了他的邻居们，然后这件事越传越广，人们也不断地添油加醋，以至于所有哈格山谷里的人都知道了。

有一天夜里，一只丛林狼偷偷地跑进了麦克·塔朗特的羊圈里，咬死12只羊后逃走了，每只羊的脖子上都留下了一道口子。没有人看见那只丛林狼来过羊圈，也没有人看见它的脚印。但是，大家都认为这是思达尔干的，虽然那些了解狐狸的人会怀疑这个看法，因为狐狸一般不会以这种方式杀死羊群。那件事情发生之后，在和煦的阳光下，一只狐狸从河边的一棵柳树上跳进了河里。这时候，一群鸭子正在河里游泳，狐狸抓住了那只最大最肥的鸭子。它抓鸭子的时候有人看见了它，恰逢那个时候，所有的人都很关心那只幽灵狐狸，所以那件事情也被人们认为是思达尔干的"好事"。于是，整个哈格山谷里的人都在咒骂思达尔，想要抓住它。甚至有人打算组织一个专业的打猎队伍，把所有的狐狸都杀光，但是一些头脑冷静的人和有识之士都觉得这种想法太可笑了。狐狸可不是像羊一样温驯的动物，可以把它们赶到一起都杀光。狐狸是很狡猾也很聪明的，它可不会那么容易被抓住。就算哈格山谷里所有的人都拿着棍子或枪支加入抓狐狸的队伍，也不可能将所有的狐狸都杀死。再说了，现在可是农民们最忙的季节，如果所有人都去抓狐狸了，那谁来做农活呢？那岂不是捡了芝麻丢了西瓜！其实，最好的办法是找一些专业的猎人，像戴德·麦特森这样的人来处理这件事。

　　就在戴德准备开始追踪思达尔的时候，思达尔又一次到人类这儿来偷袭了。当时，思达尔正在哈格山谷入口处晃荡着，不经意间，它突然闻到了伊莱·科特曼的味道，于是它立刻停了下来。思达尔还清楚地记得去年冬天，伊莱的猎犬紧紧地跟在它的后面，而伊莱的子弹就打在了它身旁的树上。虽然思达尔还不知道猎枪的威力，但它非常明白，伊莱好像有种很神奇的能力，能够从很远的地方找到自己，然后抓住自己。不过，那也要在白天的情况下才可以，现在可是晚上，所以思达尔并不是很害怕，它站在那里没动。然后，它又往前走了一点，这样它就可以更清楚地闻到伊莱的猎犬的味道。思达尔伸出了舌头，它的确有点害怕伊莱的猎犬，可同样对自己的能力很有信心，它相信自己比任何猎犬跑得都要快。而且，即便当它跑不动的时候，它仍旧可以摆脱追在它后面的猎犬。思达尔兴奋地在黑夜里转了个圈，因为它又闻到了另一种有趣的味道。

两年之前，伊莱就发现卖兔子的皮毛可以赚钱，所以他买了很多小兔子养着。一开始，这些小兔子被关在笼子里，可是随着不断繁衍，兔子越来越多，原来的兔笼已经没法关住这么多的兔子了。也正是因为这样，现在伊莱家的畜棚和他住的房子外面到处都可以看见兔子。思达尔偷偷摸摸地往前走着，发现前面伊莱家养的几只很大很肥的兔子正在吃草。思达尔忍不住上去抓住了一只兔子，其他的兔子还很小，看见这一幕都吓呆了，动也不敢动。这些兔子可不像野生的白尾灰兔或雪兔，它们长期和人类生活在一起，已经不知道怎么保护自己了。思达尔趁此机会带着那只兔子赶紧逃回树林里饱餐了一顿，直到它的肚子再也装不下任何食物。一般情况下，思达尔在短时间内是不会再回去的，可是它记得刚才抓那只兔子的时候，其他的兔子也没发出什么声音，所以它想应该没有人发现它。于是第二天夜里，思达尔又去了伊莱家的农场，又逮住了一只兔子。这一次思达尔的收获很丰富，它发现根本就不用像以前那样费力地去抓猎物，那些愚蠢的兔子很好

第二章

抓，而且一只家兔的肉能比得上四只野生的白尾灰兔的肉。所以接下来的七天，思达尔每天晚上都会去伊莱家的农场抓兔子，它现在甚至只吃那些好吃的兔肉，剩下的就丢在那里给其他的小虫子吃。慢慢地，思达尔越来越胖了。

伊莱发现养兔子并不能像他之前认为的那样，能很快地赚很多钱，所以也就变得越来越不重视他的兔子，平时也不太管了。伊莱家有一只身上毛色黑白相间的、比较大的兔子，它经常待在一间小屋子旁边。有一天早上，伊莱发现那只兔子不见了，但是当时伊莱并没有觉得有什么不对劲，也就没有进一步追究那只兔子去哪里了。直到有一天，伊莱终于感觉出一丝异常，经过仔细的调查，他发现了思达尔的脚印。伊莱是一个很熟悉树林的猎人，他很快就知道，思达尔白天在附近的树林里睡觉，到了晚上就跑到他的农场里来偷兔子。和老杰夫一样，伊莱也只会在积雪的时候带着猎犬去追狐狸，但是这次思达尔胆大包天，一次次地偷他的兔子。伊莱实在忍不住了，他给他的猎犬系上了皮带，然后带着它出去找思达尔。他们来到一个思达尔经常吃兔子的灌木丛里，那里还有很多兔子的皮毛和骨头。那时候，伊莱暗下决心，有一天，他一定要让思达尔为它偷吃的这么多兔子付出代价。这也让思达尔的名声变得更坏了。

三　狂犬病爆发了

太阳像火球一样烤着整个大地，热得令人忍不住害怕，小草在颤抖，树上的叶子也都落了下来。小鸟们把嘴巴张开，飞来飞去，它们一直扑打着翅膀，以保证自己随时吹到风。牛群只在早上和傍晚凉快一点的时候才会出来吃点草；白天热浪袭来的时候，它们都躲在树荫下，或者是水沟旁边。猎犬们也都到处找凉快的地方，找到了就会躺下来睡觉，动也不想动。在经历了最难熬的严寒之后，人们记住了这个炎热的夏天。

已经很久没有下雨了，春天的时候，小溪的水位很高，现在溪里的水越来越少，变成断断续续的、一块一块的、浅浅的水池了，底下的石头也露了出来，被太阳炙烤着。就是在这样的情况下，疯狂的行为发生了。那时候桑德正懒洋洋地跟着杰克在路上散步，突然，桑德缩到了杰克的脚边，还很奇怪地叫着。杰克摸了摸桑德，发现它的身体在颤抖。他从来不知道桑德还会怕什么东西，此情此景让杰克也吓了一跳，他的背上开始流冷汗了，但他还是充满自信地说："桑德，我们继续走！"

桑德紧紧地靠在杰克的脚边，身上的毛都警惕地竖了起来，嘴里不自在地咕哝着。杰克四处打量着，想找一根棍子或是一块石头，可是他发现身边什么都没有。如果是在树林里，他肯定可以找到什么防身，但是这一刻他也吓住了，不敢往旁边的草丛里走。这时，一只红狐出现了，它就像幽灵一样悄无声息地来到这里——马路旁边的很稀疏的草丛里。它还活着，可是它到底要干什么呢？那只红狐根本就没有注意它前面有没有什么东西，竟然撞在了一根斜斜地抵着一棵树的棍子上。它傻傻地推着那根棍子，等棍子倒下来之后，它又接着往前走。杰克直直地盯着狐狸看，他其实很害怕，狐狸可不是好对付的动物，它们从头到脚都是诡计，非常狡猾，而且一般不会出现在人类面前，更不用说会像这样跌跌撞撞地走在人的面前了，这只狐狸真的很奇怪。

桑德一出生就知道，它的任务是抓狐狸。但是这时候，它害怕地低声叫着，靠在杰克身边。红狐离杰克他们越来越近了，它爬上了一个小土坡，然后顺势走到了大路上。终于，它看见了杰克和桑德，可是又好像什么都没有看见一样，眼睛红红的。红狐突然慢慢地朝着杰克和桑德走了过来，它张开嘴，露出了锋利的牙齿。可红狐突然又停下脚步，因为它听见了大路旁边小溪里的流水声。它就站在那儿，好像在思考到底往哪儿走，最后，它终于蹒跚地朝那条小溪走了过去。杰克长长地舒了一口气，刚才麻木的腿也终于有了知觉，他立刻和桑德跑回了农场里。杰克跑得满头大汗，他刚才真的很害怕，心跳得非常快。老杰夫听见了他的脚步声，打开门，看见杰克这个样子，好奇地问："孩子，怎么了，急成这个样子？"杰克喘着气说："我看见了那只红狐！"老杰夫也很吃惊，他试着让杰克冷静下来，安慰他说："放轻松，和我说，到底发生了什么？"杰克这时候才慢慢冷静下来，告诉了老杰夫他刚才所看到的。

老杰夫很认真地听着，还问了杰克一些问题，比如，那只狐狸是真的自己故意靠近人类的吗，还是杰克吓到了它？那只狐狸当时到底是什么样子？动作又是怎样的？老杰夫还问杰克是不是认为那只狐狸生病了。老杰夫知道，有的时候野生狐狸当中偶尔会爆发狂犬病。一旦染上，就会非常严重。狐狸会失去它平常的谨慎，变得神志不清，可能会到处乱撞，见谁咬谁。要是被那样的狐狸咬到，就像被毒蛇咬了一样可怕。老杰夫立刻从架子上拿起了他的猎枪，在弹盒里放了很多子弹，还把一颗子弹推进了枪膛里。

老杰夫说："让我们去找你看见的那只狐狸！"杰克的妈妈非常担心地看着他们说："你们一定要小心啊！"老杰夫安慰地说："不用担心，我们不会有事的。"说完他们就出门了。桑德走在他们前面引路，可是它刚走出走廊就停了下来，然后警惕地把尾巴贴在身上，又跑回到走廊那里。看来桑德还是有点害怕，它在走廊上坐了下来，很严肃地看着老杰夫和杰克走下走廊，走到了路上。他们来到之前的那片草丛，然后悄悄地靠近那条小溪。老杰夫和杰克看见那只红狐正走在一片石头堆里，它有时会突然撞到一块石头上，接着就对着石头攻击。这个时候，老杰夫举起了猎枪，同时，那只狐狸忽然

聪明的狐狸

转了个身，刚好看见了他们。红狐刚才好像还是迷迷糊糊的，可这下清醒了过来，它直接朝着老杰夫他们冲了过来。老杰夫一直握着猎枪，直到红狐离他们只有几米的距离时，他终于开枪了。当子弹射进红狐的身体时，一阵灰尘从它的皮毛上弹起。红狐东倒西歪地走了几步就倒在地上，一动不动了。老杰夫又装上一颗子弹，对着红狐又开了一枪——狐狸是很狡猾的，还是开两枪更保险一点。红狐的身体在第二颗子弹的冲击之下往后面退了一点。然而，老杰夫还是很警惕，他在朝红狐走过去的时候，又在猎枪里装了一颗子弹。

老杰夫和杰克看着已经死去的狐狸，发现它身上有很多跳蚤。一般情况下，一只健康的狐狸身上是不会有这么多跳蚤的。现在，这只狐狸就和其他死去的动物没有两样，尽管它之前做了那么多的坏事。老杰夫一边用脚踢了踢红狐的身体，一边对杰克说："我们或许应该把它送进实验室里，看看它到底是怎么了，但是我可以肯定它就是得了狂犬病。我会把维特米医生叫过来，让他给我们山谷里的狗接种狂犬病的疫苗，我们要看好自家农场内的家禽，小心最近会有其他得病的狐狸过来。这几天我们不论去哪里，最好手里带着猎枪或者棍子，即使不在农场里也是一样。"杰克问："这种情况会持续多长时间？要多久我们才会安全？"老杰夫摇了摇头说："我也说不准，这可能只是一次短暂的病毒袭击，也有可能会成为一种持续很长时间的流行病。"老杰夫同情地看着那只红狐说，"看来下个冬天没有那么多狐狸了！"

　　这时候杰克说："快看！"在那条小溪的上面有一块很小的草地，草地的边缘处有一只狐狸很快地闪过去，消失在草丛里。老杰夫说："看来不是所有的狐狸都得了狂犬病，刚才这只狐狸是正常的，不然它不可能这么灵活。"杰克激动地说："我希望那只幽灵狐狸没有得狂犬病，不然就太可惜了。""为什么？"老杰夫不解地问道。杰克觉得有点不好意思，他什么都没说。其实在杰克心里，一直有一个在雪地里抓狐狸的梦想。现在，他只觉得可惜，因为上次桑德受伤之后就暂时不能再出去捕猎了。杰克一直都没有忘记那只幽灵狐狸，他还想着桑德有一天可以再跑起来和他一起去抓那只幽灵狐狸，如果能抓住它，那将是一种莫大的荣誉。

　　老杰夫这时候很难得地笑了，他好像知道杰克的心事，接着说："我也希望它没事，不过现在我得先找个铲子，挖个洞把这只狐狸埋起来，不让狂犬病毒蔓延才行，这只狐狸也挺可怜的，或许死亡对它来说也是一种解脱。"

　　思达尔迅速地穿过那条小溪，躲到了草丛里，觉得自己安全之后，就立刻停了下来。它刚刚从山上下来，准备到杰克家的农场里再偷点吃的，但是它突然闻到了那只得了狂犬病的狐狸的味道。思达尔看见那只狐狸正漫无目的地在石头堆里走着，一会儿之后，老杰夫拿着猎枪和杰克朝这边走过来了。思达尔倒一点都不担心杰克和老杰夫会发现它，它是害怕那只得狂犬病的狐狸，它现在离那只狐狸很近。就像桑德一样，思达尔虽然不清楚那只狐狸到底怎么了，但它知道肯定有什么事不对劲。思达尔曾经见过其他得了狂犬病的狐狸，它觉得那些狐狸比它见过的所有危险的东西都要可怕。后来，思达尔听见了猎枪的声音，接着又是一枪，这下它终于有点紧张了，但是它并没有跑，因为它知道老杰夫和杰克并没有发现自己，自己现在还是安全的。刚好四周有一些石头和草丛，于是思达尔就以它们为掩护，悄悄地朝树林深处逃去。思达尔经过那块小溪旁的小草地时，它知道杰克和老杰夫看见了它，但是它并不担心，因为前面就是茂密的树林，它可以很快溜进树林里，进了树林它就一点都不用怕了。

在过去的一段时间里，思达尔都是独自生活的，它并没有沿着维克的脚印去找它，也不知道维克就在自己家的那个分水岭的另一边生活着，维克总是喜欢四处漂泊。即使现在维克出现在这里，思达尔也不会和它一起了，因为这里已经是狂犬病的感染区域，思达尔只能相信自己，其他所有的动物都有可能感染了狂犬病毒，所以还是独自生活更安全。

思达尔很轻松地跑上一个长满树木的小山脊，走进了山顶上的一片黑莓地里。在那里，思达尔停下了脚步，找个地方坐了下来，它用右边的后腿抓了抓右边的脖子。思达尔觉得身上有点痒，它用牙齿刮了刮那个地方，接着又刮了刮另一个发痒的地方。那些得了狂犬病的狐狸是不会在意身上有没有长虱子的，可思达尔是一只健康的狐狸，它喜欢把身上清理得干干净净的，不喜欢有虱子。

思达尔穿过黑莓地，来到了一片白杨树林，树林里堆满了很大的石头。有一条小溪从石头之间流过，思达尔走到小溪边喝了一点水，然后站到一块石头上，顺着小溪往上游走去。溪水流得很快，当溪水撞到石头上的时候会发出潺潺的声音，在水面上形成一个个旋涡。思达尔看见水面上还漂着一些小虫子，小溪里的河鳟鱼追着那些虫子，想吃掉它们。那时候天还没有黑，树林里仍然很闷热，小溪的两岸却很凉快。思达尔看见一只又胖又老的土拨鼠正在树荫下面休息，当它看见思达尔靠近时，非常不情愿地往旁边慢悠悠地走着，牙齿咯吱咯吱地响，好像对思达尔打扰它的美梦很不满。老土拨鼠一直走到一个裂缝那里才停下来，它想，如果思达尔跟着它过来，它就跳进缝里去。

思达尔没有理它，一直往前走着，虽然它现在肚子很饿，但是它知道，对付这只很胖的土拨鼠要花很大的力气，它现在一点都不想为了吃一顿晚餐而用尽全力去攻击那只土拨鼠。而且，思达尔现在有其他的事情要办。终于，它来到这片乱石堆的尽头，走进了一片小小的白杨树林里。这里离哈格山谷入口处很近，入口两边都是一些绵延的山脊。很久之前，就在思达尔所在的这片白杨树林里，河狸在这儿的小溪上搭了一个小水坝。随着时间慢慢过去，这里逐渐成了河狸生活的地方，它们繁殖得越来越多。通过它们的努力，那个小水坝越来越长，现在已经到达了哈格山谷较浅的地方。附近还有很多其他的小水坝，因为这里有很多的河狸，它们在到处搭建小水坝。

当思达尔经过这里的时候，有一只很大的河狸正在水里游泳。它看见思达尔之后就潜进水里游走了，它并没有用尾巴拍打水面发出很大的声音，来提醒它的同伴们思达尔来到了这里。其实河狸和狐狸并不是敌对的，它们都不想伤害对方。思达尔没有注意到那只河狸，它用爪子在小水坝旁丢垃圾的地方翻找着，好像是想找点什么东西玩一玩。后来思达尔捡起了一根白杨树枝，那根树枝上的树皮已经被河狸咬掉了。玩了一会儿之后，思达尔就把那根树枝丢掉了，然后又找了一根。它把后来找的那根树枝咬在嘴里，安静地走进了水里。它先是在水里走着，脚下都是泥巴；一会儿之后，水越来越深，于是它就开始游泳了。突然，思达尔停了下来，让自己的身体自由地往水里沉，只露出黑色的嘴巴的最顶端。思达尔紧紧地咬着那根树枝，既没有浮在水面上，也没有沉下去。

思达尔的尾巴已经湿透了，卷在它的身体后面，就像一个巨大的鱼钩。在水里，思达尔身上的每一根毛好像都竖了起来。它慢慢地游到了小溪中央，然后慢慢地转了个身，游回了那个浅一点的、可以用后脚站在泥巴上的地方。它在那里站了一会儿，身体还是泡在水里面，然后又往小溪中央游过去，重复着刚才的动作。这一次，它在水里整整待了20分钟，最后，当思达尔实在撑不下去回到岸上的时候，它把咬在嘴里的那根树枝丢进水里，树枝漂在了水面上。这下思达尔终于把它想做的事情做好了，它刚才到底在干什么呢？

原来，它在赶虱子。虱子是很怕水的，刚才它泡在水里的时候，身上的虱子没有地方可去，只好都爬到思达尔咬着的那根树枝上去了。思达尔真的很聪明，现在它身上终于清理干净了。它回到岸上之后，用力地甩了甩身上的水。太阳就要落山了，思达尔坐在夕阳光中，慢慢地舔着它的每一只脚，想把身上彻底弄干净。

其实，岸上一共有四只河狸，每一只都在忙着把一棵白杨树弄倒。虽然现在还是夏天，可是河狸们都知道，不久之后，冬天还是会到来，现在就要开始为冬天做准备了。到了冬天的时候，整条小溪都会结起厚厚的冰，而它们只能被困在冰下面，无法再上岸寻找食物。所以，夏天是河狸们最忙碌的季节，它们要提前寻找足够多的食物储存在河里，这样在冬天它们才不会饿死。因为河狸们都非常忙，所以当思达尔安静地从它们身边走过去的时候，它们根本就没有注意到。

其实思达尔这时候非常犹豫，不知道是应该回到树林里去觅食，还是应该去克罗利农场找点什么吃的。但是，从这里到克罗利农场要走很远的路，而之前一次次去伊莱农场里偷吃兔子已经让它长得很胖了，长途跋涉对它来说有点吃不消。更何况思达尔还没忘记那只被老杰夫杀死的得了狂犬病的狐狸，它可不想冒着危险再去那个地方。所以最后思达尔朝着一片灌木丛跑去了。在那里，思达尔发现了一窝刚出生的小松鸡，小松鸡们还不知道在灌木丛里待着是很危险的，思达尔扑上去就抓了一只松鸡填饱肚子。吃完之后，思达尔就在那个灌木丛里躺下睡觉。剩下来的那些松鸡都被思达尔吓得四处乱窜，在黑夜里扑腾着翅膀。夜里，思达尔醒了好几次，一共换了四个地方睡觉。

第二天早上，天还没有亮，思达尔就从灌木丛里爬起来了，它跑到河狸的小水坝那里去散步。水面上还笼罩着一层水雾，思达尔饱饱地喝了一些水后往后退了一点，想躲起来不让别人发现它。这时候，小溪的对面有一只雄性的黄鼠狼从山脊上走了下来。思达尔发现那只黄鼠狼的状态就和那只得了狂犬病的红狐一样，眼睛里根本就没有生命的迹象，好像已经神志不清了。看来它确实得了狂犬病。那只黄鼠狼爬到一棵倒下来的树上，站在上面不停地扭着它那短短的脖子。突然，黄鼠狼朝着一只河狸冲了过去。那只河狸正在忙碌着，根本就没有看见黄鼠狼。就在黄鼠狼靠近的时候，河狸及时地发现了发狂的黄鼠狼，它迅速地滚进了小溪里。接着，河狸在水里用尾巴拍打着水面，提醒其他的河狸赶快逃到水里来。然后，所有河狸都潜进水里不见了。

发了疯的黄鼠狼想都没想就跟在那只河狸后面，冲进了溪水里。

其实，它这时候已经根本不知道自己在干什么了，它在小溪里发现了思达尔曾经丢在水里的树枝，想爬到树枝上去，可是，它一按树枝，树枝就会沉到水里，它一松开，树枝又再次浮到水面上。那只黄鼠狼就这样一次一次地爬着，还是没能爬上树枝。最后，它没力气了，那根树枝浮起来之后漂走了，黄鼠狼气喘吁吁地跟在树枝后面，漂到了一个坑坑洼洼的浅滩上。这时候，思达尔赶紧溜走了。它觉得这一切很奇怪，好像有什么很不对劲，可是它现在更多的是害怕，害怕这种它不知道的东西，它好像没有什么办法可以避免这种危险。当一只火鸡妈妈带着一群小火鸡出现在它面前时，思达尔吓了一跳，身上都开始抽筋了。美食当前，可是思达尔没有去追它们。虽然它很饿，但是更害怕，它现在都不知道哪些动物还是正常的。

太阳已经升了起来，像一个火球一样挂在蓝蓝的天空上，炙烤着大地。思达尔跑得气喘吁吁，它又绕回来朝着小溪跑过去，因为它知道那里比较凉快。来到小溪旁边，它喝了点凉水，然后躺在一个水塘里。过了一会儿，思达尔觉得凉快多了，它从水塘里爬了起来，甩了甩身上的水，然后朝着小溪的源头走去。一路上，小溪里的水变得越来越少，有的小支流都干涸了。这些支流要有地下水源源不断的补充才行，不然就会慢慢缩小成一个个小水塘。那些小水塘里有很多鳟鱼，有的是从上游游过来的，有的是从下游游过来的。思达尔伸着鼻子仔细地闻着这些小水塘，它想抓几条鱼吃。虽然水

聪明的狐狸

塘里有很多鱼，但水塘里的水对思达尔来说还是太深了，它根本没办法捉到鱼。其他来捉鱼吃的动物却都收获颇丰。比如，一只叽叽喳喳的翠鸟飞过思达尔的头顶，朝着不远处的一个水塘俯冲下去，然后抓着一条鳟鱼飞了起来。还有一只貂也在水塘里游着，脑袋露在水面上，一会儿就抓到了一条鳟鱼。思达尔这时候赶紧朝那只貂跑了过去，准备从貂那里把鳟鱼抢过来。可是那只貂看出了思达尔的不轨意图，立刻逃进了一个小小的缝隙里，还故意朝思达尔叫着。这下思达尔抓不到它了。

思达尔无奈地走到了一个又长又宽的水塘边，那里水很浅，有的鱼甚至连背上的鱼鳍都露出了水面。思达尔高兴地走进了那个水塘，一群鳟鱼被惊吓得在思达尔脚边绕来绕去。思达尔慢慢低下头，伸出爪子轻而易举地抓住了一条。这些鳟鱼虽然不是很大，但是也足够填饱思达尔的肚子了。吃饱之后，思达尔就不着急了，继续往前走着。前面是小溪的源头，有一汪泉水从长满了苔藓的泉眼里汩汩地冒出来。思达尔爬上了一个满是石头的小山脊，它想越过山脊，走到峡谷的另一边去。思达尔很熟悉这里，知道有几个阴凉的地方，可以在那里睡一觉。当思达尔走到半路的时候，它突然转了个身，朝着相反的方向跑了过去。原来这时，它听到了不远的地方有什么东西在移动，不管那是什么，它得先躲起来保证自己的安全才行。

思达尔听到的那个声音是那只软脚狐狸的，就是思达尔之前碰到的为妻子和孩子找食物的那只公狐狸。软脚狐狸知道自己好像感染上了狂犬病，所以想赶紧在自己失去理智之前尽可能地远离妻儿。其实它现在已经记不清它的妻儿了，所有感染病毒的动物脑子都会变得不正常。这只狐狸现在很瘦，因为它几天以来几乎好几天都没吃什么东西，它全身都爬满了虱子，却毫不理会。它现在只觉得自己很痛苦，不论看见什么都想扑上去，好像这样它就会觉得舒服点。已经疯了的软脚狐狸也闻到了思达尔的味道，于是它躲了起来，想等思达尔再靠近一点的时候进攻。思达尔拼命飞奔起来，这一次它真的是被吓得不轻了。它全身都非常紧张，脑子里只有一个念头，那就是无论如何也不能让软脚狐狸抓住它，不然它就真的完了。正是这个念头让思达尔充满了力量，马不停蹄地往前飞奔。它甚至连往后看一眼软脚狐狸离自己有多远都不顾不上，只知道跑得越远越好。思达尔冲到了一条被鹿群踩踏得凹进去的小路，然后跳上了一棵高高的树，感觉好像有什么在咬它的脚。思达尔太紧张了，满脑子都是软脚狐狸，还以为是软脚狐狸咬了它一口，这下它就更害怕了，拼尽了全身所有的力气往前跑。

　　思达尔跑了很久，当它确定软脚狐狸没有跟上来之后，还不放心地继续跑了一会儿。终于，它累得不行了，渐渐地放慢了速度，它的心怦怦地跳着，舌头伸到外面喘着气，这下总算松了一口气。思达尔又走了一会儿才停了下来，它跳上一块石头，然后看着它刚走过的那条路，还好，软脚狐狸没有追来。其实软脚狐狸就在它后面约两千米远的地方，只不过它很不走运地被戴德·麦特森布置的陷阱给困住了，陷阱就在思达尔觉得被咬了一下的那棵树下面。当时，思达尔差那么一点点就掉进了陷阱里，但是它很幸运地逃过去了，刚好从陷阱上面跳了过去，跳到了树上。不过，软脚狐狸的运气就没有那么好了，它刚好落在了陷阱上面。

哈格山谷里的农场主们都知道狐狸爆发了狂犬病，现在大家都非常害怕那些疯了的狐狸，所以大家就商定，谁能抓住一只疯了的狐狸到他们面前，他们就给那个人十美元的奖金，这可不是一笔小数目。戴德被奖金吸引了，每天都花很大的工夫去抓那些狐狸，或许这应该算得上是他做得最好的一件事了。因为如果那些疯了的狐狸到处乱咬人，让狂犬病毒扩散的话，那将是很大的灾难，很多人可能因此送命，这次戴德算是在为民除害了。

思达尔在路上走着，心里还是很害怕，它还没有从刚才发生的事情中缓过神来。它一整天都在逃离。天黑之后，它也只是停下来抓点吃的，吃完之后它又会继续往前走。它真的是太害怕了。第二天天亮的时候，思达尔已经走到了离那座小山很远的地方。虽然昨天思达尔脑子里一片混乱，但是它知道自己必须远离那个地方，不然它会始终觉得危险，软脚狐狸不知道什么时候就会蹦出来。现在，思达尔心里终于平静了下来，因为它知道，狂犬病毒还没有传到这些偏远的地方，所以它现在暂时安全了。接下来的这一整天，思达尔一直待在一片灌木丛里休息，天黑之后就出去找食物。突然，它闻到了另一只狐狸的味道，思达尔立刻警觉地停下来。它发现这是一种熟悉的味道，原来是维克。见到了维克，于是它们就开心地一起上路了。

第三章

一 狐狸维克

炎热的夏天慢慢过去，狐狸中的狂犬病终于消退了。当秋天的第一场霜降到白杨树叶上的时候，整个大自然好像又恢复了往日的宁静，同时又像是经历了一场浩劫。不论是山谷还是一些小溪谷，到处都可以发现一小堆一小堆白骨，都是被狂犬病折磨死的动物尸骨，很多狐狸都没有躲过这场浩劫，看来今年冬天，除了那些春天刚出生的小狐狸，雪地上应该很难看到狐狸了。

那些不幸的狐狸死去了，而那些躲过灾难的狐狸接下来就可以过着非常舒服的日子。因为狐狸的数量骤减，狐狸的食物——白尾灰兔、雪兔和老鼠等就大量地增加，活下来的狐狸们就不用担心食物问题了。可是那些大量增加的动物的日子就不好过了，因为它们的食物相对来说变少了。有的动物甚至把树皮从树上咬下来吃，还有的只能嚼着树根来填饱肚子，一些植物的种子只要一掉到地上就会被一抢而光。不仅兔子和老鼠，就连灰熊也会加入争抢食物的队伍。灰熊们知道寒冷的冬天就要来了，所以它们现在都忙着到处找食物，想在冬天来临之前储存足够的脂肪，以防冬眠的时候饿死。它们用庞大的身躯把苹果树的树枝扯下来，吃着苹果，或者是爬到树上，用它们结实的身体摇着长满水果的树枝，把水果都摇下来饱餐一顿。

还有那些鹿，每天都贪婪地吃个不停，那些公鹿因为要刮掉鹿茸，保持鹿角的尖利，所以它们一边把那些小树刮擦得伤痕累累，一边还在找着食物。那些今年春天出生的小鹿都紧张地躲在小树林的最深处，眼睛总是瞄来瞄去，生怕有强壮的公鹿把它们找到的食物抢走。动物的数量很多，但食物很有限，而那些好吃的食物就更少了，到处都有为了食物而打架的事情发生。

有一次，思达尔坐在一个到处都是石头的小山坡上，把那厚厚的尾巴卷在后腿周围。它刚刚饱餐了一顿。现在打猎对它来说是一件容易的事，到处都能找到白尾灰兔、老鼠等。它把两只前脚都抬了起来，好奇地看着眼前的一幕好戏。

在一条水流得很快的山涧小溪的两岸，有五棵野生的苹果树。因为夏天的炎热，还有充足的雨水，苹果树的根都扎得很深，充分地吸收了土里的养分，所以每棵苹果树上都结满了又大又红的苹果，

第三章

103

聪明的
狐狸

非常诱人。原本满树的苹果都会压弯了苹果树的树枝，但是现在大部分都被之前来的那些饥肠辘辘的熊吃得差不多了。

远远的，在树林的另一边，有两只今年春天出生的小鹿站在那里。它们的胆子都很小，不敢跑到太远的地方，怕遇到危险，只好在母亲的旁边徘徊着。它们的妈妈——两只母鹿正站在原地看着一只角很长的公鹿努力地跳着，它想吃到苹果树上剩下的苹果。突然，旁边的灌木丛里出现了一点动静，另一只公鹿从那里钻了出来。这只公鹿比苹果树下的那只公鹿的体形要稍微大一点，长着高耸的鹿角。两只公鹿相遇了，它们看着对方，眼神里都充满了敌意。过了一会儿，它们摇了摇头上的鹿角，然后蓄足力气向对方冲了过去。这两只公鹿都知道对方和自己的体形差不多，力气也差不多，所以谁也占不了上风，这注定是一场很难分出胜负的搏斗，考验的是双方的毅力。母鹿们就在那里看着，它们是想坐收渔翁之利，或许这两只公鹿会争得两败俱伤，那它们就可以吃到那些剩下来的苹果了。

思达尔把舌头伸了出来，张开嘴打了个大大的哈欠。肚子饱饱的它又兴致勃勃地看着一只很大的雪兔朝着那几棵苹果树跳了过去，那只兔子好像很饿，很想吃树上的苹果。可是就在这个时候，一只公鹿发现雪兔要和它抢食物，于是立刻朝雪兔冲了过来。雪兔吓了一大跳，立刻向旁边的灌木丛跑去。后来，一阵很大的风吹了过来，熟透了的苹果纷纷从苹果树上掉下来，那两只公鹿立刻停止了打斗，都跑过去贪婪地吃着掉下来的苹果，而原来在旁边看热闹的两只母鹿带着两只小鹿也匆匆地跑过去争抢。

公鹿们看见又有其他的鹿来和它们抢食物，就用坚硬的鹿角朝着母鹿们刺过去，而母鹿们则很敏捷地跳到一边避开它们的袭击。就在这一团混战的时候，一只小熊从一个小山坡上下来，往苹果树那里爬去，它也想抢点苹果填饱自己的肚子。思达尔听见小熊的动静之后，也转过头来。等那只小熊到达苹果树附近时，那只体形稍大一点的公鹿满面怒火地看了那只熊一眼，然后吃苹果。等地上的苹果被吃完之后，公鹿们非常凶狠地朝着和它们抢食物的两只小鹿和两只母鹿踢过去，那只小熊也抬起前爪向它们扑过去。接着，那只体形稍大一点的公鹿顶着自己的鹿角朝另一只公鹿冲了过去，同时，另一只公鹿也朝它的肋骨顶了过来。然后这两只公鹿都痛苦地叫了一声，跳到两边。它们都低下头，前蹄在地上踢着土，准备再次向对方发起攻击。

一阵风吹来，思达尔抬起鼻子用力地闻了闻，那是维克的味道。自从上次它们重逢之后就一直在一起，一起觅食，一起睡觉。维克走到思达尔身边，和它碰了碰鼻子，然后紧挨着它坐下了。它也和思达尔一样，对前面苹果树下的这一幕很感兴趣。这时候，那两只公鹿已经扭打起来，它们的鹿角正交叉着，头对着头，眼里都充满了怒火，都想打败对方。就这样僵持了一会儿之后，它们分开，随即又将鹿角抵在一起。它们用尽全身的力气推着对手，脖子上的肌肉都鼓了起来，看来，它们都打算背水一战了。但是，它们的实力旗鼓相当，很难分出胜负。它们不得不再一次分开，再一次跳起来扑向对方，这次它们的鹿角撞在一起时发出了很大的响声，回荡在整片树林里。那只小一点的公鹿改变了策略，它朝着大公鹿柔软的肚子冲了过去，可是被大公鹿敏捷地避开了。它们就这样你来我往地打了几分钟，谁都没有伤害到对方，于是都不耐烦了，它们增加了攻击的强度，想赶快结束战斗。它们一次又一次更凶猛地用鹿角进行撞击，又用强有力的蹄子踢向对方。那两只母鹿和两只小鹿都看得胆战心惊，为了保住自己的性命，它们趁着两只公鹿斗得不可开交的时候，赶紧甩着白色的尾巴，迅速地跑进了树林里。

维克这时候悄悄地离开了思达尔，往山上跑去，它没有发出一点声音。过了一会儿，那只小熊也逃走了，好像是发生了什么事。原来，维克闻到了戴德·麦特森的味道。其实思达尔也闻到了，但是它并没有动，它早就学会根据味道来判断人的方位。它知道猎人戴德还在离它很远的地方，所以它并不担心，而且思达尔对两只公鹿的争斗太感兴趣了，不到最后一刻，它是不会走的，它一定要看到两只公鹿到底谁赢谁输。但是过了一会儿之后，思达尔还是站起来了，伸着鼻子仔细地闻着风中的味道，知道戴德已经离这里很近了。思达尔这才赶紧逃跑。它找到一棵倒下来的树，躲在了树的后面，它竖着耳朵，眼睛骨碌骨碌地转着。戴德离它越来越近了，它很紧张，而那两只公鹿正打得不可开交，根本就没注意到周围发生了什么。所以当戴德走到这片长着苹果树的空地时，它们还在用鹿角抵着对方，谁也没有放松。看到这一幕，戴德停了下来，而思达尔正盯着戴德。

那两只公鹿僵持了一会儿之后又分开了，一边呼呼地喘着粗气，一边牢牢地盯着对方。又一阵风吹过来，它们这才闻到人的味道，发现了戴德。一看见人类，它们都紧张起来，暂时忘记了刚才的争斗，都转过自己的头，朝着戴德的方向。那只大公鹿朝着戴德走过去，脚步看起来还有点僵硬，它似乎有点害怕，一边走一边愤怒地踢着地上的土，然后将自己强健的鹿角对着戴德。看见这一幕，思达尔的眼睛亮了起来，又有好戏看了，不过它还是警惕地一动不动。思达尔很了解人类，但不是很了解人类抓动物的各种手段和武器，只见戴德手里拿着一把手枪开了一枪。空气中发出了一阵轰隆隆的爆炸声，那只大公鹿吓得全身发抖，不知道到底发生了什么，只是觉得很恐惧。它颤颤巍巍地朝前面走了几步，又想跳到旁边，可是它的身体好像已经不听话了。原来，戴德那一枪已经射中了公鹿的身体，它还没跳起来就已经痛苦地倒了下去，另外那只公鹿早就吓得逃到树林去了。

看到这里，思达尔也害怕得不得了。一想到戴德那么厉害，要是自己被抓到那就惨了，真的太恐怖了！不过思达尔即使很害怕，还是很镇定，它小心翼翼地走着，不让戴德听到一点动静。思达尔把脚步抬得很低，就像一只猫一样，这样就不容易发出声音，而且还有那棵倒下的树挡在它和戴德中间。思达尔看见了一块大石头，于是它立刻躲到了石头后面。不管怎样，要尽快远离这个危险的地方才行。思达尔接着又跑进了一片灌木丛里，一边往前跑，一边不放心地回过头来好奇地看看苹果树那边的动静。这时候思达尔还是可以听见戴德的声音，也可以闻到他身上的味道，可是它已经看不见戴德了，所以就理所当然地认定戴德同样看不见它。后来，思达尔又爬上了山，这下它觉得自己应该安全了，于是就放慢了步伐，没那么紧张了。当正午的太阳炙烤着大地的时候，思达尔已经在一片树荫底下睡着了。

当思达尔醒过来的时候，它突然很想念一个地方，那就是它的家乡。这里并不是思达尔的故乡，它是后来才来这里的，虽然它生活在这里，却很怀念那个它度过童年的地方。

它之所以来到这个地方，是因为害怕上次在狐狸中传播的狂犬病。而现在，狂犬病已经控制住了，所以它也不用再担心了，或许它应该回到那个它最熟悉的、生活得最久的地方去。

另外，思达尔心里还出现了一种很奇怪的冲动，这种冲动总是困扰着它，让它非常想与维克在一起。之前，维克一直都只是它的一个朋友，一个一起打猎的伙伴，但是现在它很苦恼。每当天要黑了的时候，思达尔就会忍不住跑出去找维克。以前思达尔只会在觉得孤独的时候出去找维克，可是现在，它只要跟在维克后面，心里就觉得很满足、很开心。这种感觉很奇怪，以前从来没有过。

随着时间的流逝，思达尔长大了，越来越成熟了，虽然现在还没有到狐狸交配的日子，但是今年思达尔的确应该找一个生活上的伴侣了。思达尔对维克的那些奇怪的感觉正说明了这一点，它喜欢上维克了。

思达尔和维克一起慢悠悠地回到了克罗利农场前面的那座小山上，在回来的路上，思达尔有时候会和维克分开，可是它们离开对方的距离绝对不会很远。思达尔在路上遇到了那只软脚狐狸的妻子，看见它正在秋天晚上的月光下露出锋利的牙齿。其实，自从软脚狐狸离开之后，妻子的日子过得很艰难。它每天既要给它的五个孩子找食物，还要保护它们不受伤害，这是很辛苦的一件事。现在，它的五个孩子都长大了，可以独自生活，它没有负担了。不过，它还是会经常想起它的丈夫，然后变得很忧伤。它在忘记丈夫软脚狐狸之前是不会和其他的公狐狸交配的，所以它现在根本就不希望任何公狐狸靠近它。思达尔并没有靠近软脚狐狸的妻子，只是在看见从戴德手里逃出来的软脚狐狸的一个儿子时，朝它追了过去。思达尔也是一只公狐狸，它现在已经接近交配的年纪了，任何公狐狸都必然对它构成一种威胁，而且一般其他的狐狸如果遇到思达尔这样的公狐狸都会很害怕，因为它们现在是最强壮的时候。可是思达尔并没有追出去很远，如果到了明年，它们遇见了或许会打一架，但是现在那只狐狸还小，根本就不是思达尔的对手。

　　思达尔和维克饿了的时候就会一起去打猎，累了的时候就会一起睡觉，它们就这样不慌不忙地回到了思达尔的家乡。在一个秋天的月圆之夜，月亮低低地挂在天空中，思达尔和维克终于回到了思达尔出生的那个小山坡上的洞穴里面。这是一个土洞，里面原来住

第三章

着土拨鼠，后来思达尔的爸爸妈妈把这个洞弄大了一点，就成了它们的家。那只最开始住在这个洞里的土拨鼠选择这里是有原因的，这个洞有很多的好处。它位于一片小灌木丛的中间，地面上有很多的树枝和小草，灌木丛的中间是一块大石头，那只土拨鼠就在石头底下挖了那个洞，所以那里非常安全，一般不会被发现。而且这个洞在冬天也很暖和，融化的雪水流不进来，地下的水也渗不进去，住起来很舒适。

　　思达尔在它的老家周围走来走去，现在这里已经没有一点温暖的感觉，也没有一点生机。自从思达尔离开这里之后，雨雪风霜在这里肆虐，抹掉了所有熟悉的气味，洞穴入口处也落满了树叶。思达尔叹了口气，坐到维克旁边。月亮在天空中升得越来越高，柔和的月光洒满了整个山谷，在丛林深处留下了斑驳的树影，有的地方在月光下亮如白昼。山脊上的一棵棵树都沐浴在月光中，看起来非常漂亮，那些已经开始枯萎的小草在微风中轻轻地摇摆着。思达尔心里非常激动，它忍不住和维克转着圈跳起舞来，它们都陶醉了。这时候，从对面的山脊上传来了另一只公狐狸洪亮的叫声，思达尔本能地将身上的毛都竖了起来，就像遭遇到了危险。可是维克僵硬地站起来，转过头注视着叫声传来的山脊那边。公狐狸的叫声断断续续，一声又一声地传了过来，维克的眼睛里兴奋地泛着光彩，它张开嘴，伸出了舌头，聚精会神地听着那叫声。

思达尔看见维克被吸引，莫名其妙地觉得很生气，于是转过身对着维克咆哮了一声，然后又转过头，对着叫声传过来的山脊。刚好对面公狐狸寻找伴侣的叫声又传了过来，思达尔立刻朝着那边也咆哮了一声。最后它抬起头，把毛茸茸的尾巴卷到了腿边，朝着天空又大叫了一声，这一声是想告诉这附近的其他狐狸，这里是它的地盘，如果谁想靠近这里的话，它就对谁不客气。狐狸们并不想让人类听到自己的叫声，但是这时候住在山谷入口处的伊莱·科特曼正走在回家的路上，他刚好听见了它们的叫声。于是他停下脚步，转身就往杰克家走去。到了那里之后，杰克和老杰夫被伊莱叫到了走廊上。桑德也跟了过来，走到走廊的尽头，闻着微风里的味道。两个大人还有一个小孩就站在那里，三个人都非常激动，都被带着猎犬出去抓狐狸的那种刺激的感觉迷住了，桑德好像也受到了他们的感染，低声地叫着，身体绷得紧紧的。

　　三个人一直在那里站着，听着森林里传来的一声声号叫，一直到声音消失，他们谁都没有说话，谁都没有动。过了很久，伊莱终于转过身笑着对老杰夫说："好像上次的狂犬病并没有让所有的狐狸都消失，还有一些活下来的。"他好像突然变得很激动，兴奋地说，"我们去抓狐狸吧！"老杰夫点点头说："好主意，最近几天晚上的月亮很亮。"伊莱急切地回答说："我要把我的猎犬带着，杰克，你把桑德也带着，我们再叫上戴德·麦特森和他的两只猎犬，还有汤姆·派克和乔治·西德拉，我们这次一起出动，一定会有收获的，就明天晚上怎么样？"老杰夫拍拍杰克的肩膀说："这下高兴了吧，这可是你一直都想做的呢！"

第二天晚上月亮升起的时候，思达尔正在灌木丛里抓兔子，突然间听见了猎犬的叫声，吓了一大跳，立刻停下了脚步，因为它听出来那是它熟悉的桑德的叫声。过了一会儿，伊莱的猎犬也叫了起来，接着是乔治·西德拉的猎犬。看来，它们都闻到了思达尔的味道，不久之后，其他几只猎犬也都同时叫了起来，它们都因为发现猎物而异常兴奋。其他的狗是断断续续地叫着，只有伊莱·科特曼的猎犬和桑德一直不停地叫着。思达尔紧张地转了个身，这样的场景它已经不是第一次遇见了，但是这次好像有很多猎犬，它不得不紧张了。思达尔舔了舔发干的嘴唇，聚精会神地闻着风中传来的味道，然后着急地抬起身体，两只后脚站在一个树桩上，焦急地朝狗叫声传来的方向看着。它突然觉得很兴奋，就像一股电流传遍了它的全身。思达尔往前走了一小段路，接着朝着一个满是石头的小山顶上跑过去。到那里之后，思达尔坐了下来，把尾巴卷到后腿边上，弓着脖子回头看着猎犬的叫声传来的方向。思达尔判断出它们就跟在自己后面。

这下情况不妙了，思达尔立刻飞奔起来，这次它不想设置什么骗局来脱身，因为它现在正是年轻气盛的时候，全身都充满了活力，它知道自己完全可以跑得比那些猎犬快。在柔和的月光下，思达尔奔跑着，它听见身后的狗叫声越来越小。人类的狗很多，所以在路上跑起来不是很快，只有伊莱的狗和桑德一直在最前面叫得最大声。一段时间后，思达尔故意放慢了它的脚步，想等等后面的猎犬们，就好像在和它们玩捉迷藏游戏一样。思达尔沿着山脊慢慢地跑着，然后来到了一条小溪边，它直接走进小溪里，在里面游了一会儿，然后又回到它走过来的岸边。上岸之后，它用力地甩了甩身上的水，又朝着小山跑了过去。过了一会儿，桑德和伊莱的猎犬追到了这条小溪边，四处搜寻着。不到20秒，它们就发现了思达尔逃走的方向，接着叫着追了上去。现在这两只最快、最强壮的猎犬已经遥遥领先，在它们后面很远的地方跟着戴德的两只猎犬，再后面还有几只其他的狗。它们都无法准确地闻出思达尔的味道，所以就跑跑停停，跑一会儿就回到猎人们正在休息的篝火旁边。几个猎人围着温暖的篝火，每个人手中都拿着一块烤好的三明治和一杯苹果汁。杰克·克罗利站在老杰夫的身边，认真地听着在树林里回响的猎犬们的叫声。对杰克来说，那就像是悦耳的音乐一样。桑德低沉的咆哮，伊莱·科特曼的猎犬高声的尖叫，好像是从很远的地方传来的，听起来遥远却清晰，很容易就能判断出哪只猎犬在最前面。杰克坐到篝火边的时候，眼中闪过了一丝自豪的光芒，他的桑德真不错！

　　这时候很安静，没有人说话，因为如果有人说话就听不见猎犬的叫声了，戴德·麦特森手里还拿着他的猎枪。在远处的一个山脊上，思达尔虽然已经跑了许久，还是觉得全身精力充沛，它这是在逗那些猎犬玩呢！有时候，它故意中断自己的踪迹，让那些猎犬忙活一阵子才能再继续追它，它觉得这样做很有趣。而且它觉得除了伊莱的猎犬和桑德，其余的猎犬一点用都没有，不配做自己的对手。那两只领头的猎犬一直锲而不舍地跟在思达尔后面，即使到了思达尔中断脚印的地方，它们也不会犹豫，很快又会追上来。思达尔突然加快速度，冲到一个山脊上，然后下山到了另一边的峡谷里。思达尔已经这样和桑德它们你追我赶有一个小时了，它早就听不见那些围在篝火边的猎人的声音了。突然，思达尔灵机一动，转身朝着那些猎人跑了过去。这时候是深夜，思达尔知道那些猎人在黑暗中是看不见它的。

　　思达尔很快就跑到了离篝火不远的地方，当它闻到一阵阵刺鼻的烟味时，很不舒服地喷着气，然后又跑回了山顶上。在那里，它坐下来等着那些猎犬，它伸出舌头喘着气，两只前爪紧张地动个不停。这一次它大大加快了速度，现在那些猎犬已经被它远远地甩在了后面。但是它们还是没有停下来，桑德跑在最前面，紧跟着的是伊莱的猎犬。这时候，杰克·克罗利突然响亮地吹了一声口哨，原来大声狂叫着的桑德的声音变小了，它接着又叫了几声。杰克还在一声声地吹着口哨，最后终于看见桑德很不情愿地回到了篝火旁边。原来杰克吹

116

口哨是为了召唤桑德回来，桑德正追得起劲呢，当然有一些不情愿。接着伊莱·科特曼也开始大叫起来，伊莱的猎犬听见主人的叫声后，也停止了追踪，回到了篝火这里。两只猎犬都坐了下来，闷闷地叫着，它们都很不甘心就这样放弃，还想接着追下去。但是它们受过训练，知道自己必须听从主人的命令。而其他的猎犬可不像桑德和伊莱的猎犬，它们听见主人叫自己回来的时候，一个个都显得非常开心。

围在篝火旁边的这群猎人原本都是兴致勃勃地出来抓狐狸的，可是现在已经很晚了，他们不得不回家了。熄灭篝火之后，他们分别朝自己的家走去了。杰克他们走了20分钟之后，思达尔还待在它之前停下来的地方。它觉得这个时候那些猎人应该离开了，所以它悄悄地来到了已经灭掉的篝火旁边，好奇地在那里绕了一个圈。篝火的余烬非常难闻，思达尔忍不住抽了抽鼻子。它闻到了所有猎人的味道，每一个它都认识，它还跟着其中一些人的脚印走了一会儿。之后，思达尔走到一条小溪旁，喝了一点水，跑了这么久，它早就渴了，也饿了。喝完水之后，它又跑到附近一个灌木丛里打猎去了。思达尔这时候还不想去找维克，它想先填饱肚子再说。

随着秋天的脚步渐行渐远，冬天来了，大部分的树木都变得光秃秃的，除了一些很顽强的橡树以及低矮的灌木丛，还能挂着一些黄色的树叶撑到来年的春天。那些原来很茂盛的阔叶树都落光了叶子，只有一些铁杉树和松树还留有一片绿色。终于，冬天的第一场雪飘到了

第三章

聪明的 狐狸

茫茫的大地上。这时候，森林里那些今年春天和夏天出生的小动物就更难觅食了，不过好在今年的冬天和去年相比还是好多了。今年的积雪并不是很厚，食物也并没有那么稀缺，这对那些生活在森林里的动物来说应该是个好消息。

思达尔还是经常和维克一起出去觅食，偶尔它也会独自玩耍、打猎，或是睡觉。思达尔看见有一些年轻的狐狸无忧无虑地在森林里玩耍，这还是它们出生之后经历的第一个冬天，它们甚至觉得很新鲜、很兴奋，它们还不知道在接下来的日子里要面对什么。明年，那些能熬过这个冬天活下来的幸存者们就可以寻找自己的伴侣，然后生一窝自己的孩子。思达尔见过三对夫妻，当思达尔侵犯它们的觅食领土时，它们都会凶狠地把思达尔赶走。但是现在的思达尔已经长得又大又壮，很容易逃脱，况且它觉得没必要留下来和其他的狐狸争斗。

这些天里，戴德·麦特森一直带着他的猎犬在山里徘徊着，有的时候也会有其他的猎人来这片山谷里打猎。他们经常会抓住一些很小的、很不懂事的狐狸，这些狐狸还不知道怎么去摆脱猎犬和猎人的追逐。但是那些侥幸从猎犬的追捕中逃脱的小狐狸就会慢慢地变得聪明起来，学到很多的生存知识。思达尔又一次被几只猎犬追着，但是这几只猎犬并不怎么样，思达尔很快就把它们远远地甩开了。现在思达尔已经不想和猎犬们玩追逐游戏了，它也没有那么多时间耗在猎犬身上。初秋时它就经常思念维克，想和它在一起，现在这种想法变得更加强烈了。它几乎每时每刻都想和维克待在一起，所以只要有猎犬追过来，它都会尽快摆脱它们，然后回到维克身边。冬天到来之后，它一点都不想再离开维克了，只要思达尔不是在打猎，它就会去找维克。但是维克好像并不这样想，它好像一直都在避开思达尔。

在一个寒冷的冬夜，一轮弯弯的新月挂在天空中，柔软的月光洒在无垠的荒野里，将一切都照得清清楚楚。思达尔在一片被积雪覆盖的草丛里抓住了一只老鼠。雪地上的小草们虽然被积雪压着，但还是顽强地露出了它们尖尖的头。这时候，维克也正走在这片草地上，伸着鼻子寻找食物。它也发现了一只老鼠。当它尝试着用两只前爪抓住那只老鼠的时候，突然身体僵硬地坐在了雪地上。思达尔就在它附近，可是它就像完全没有看见思达尔一样。思达尔坐在雪地上，把尾巴卷在身边，难过地低着头，两只耳朵也垂了下来，一副无精打采的样子，但两只眼睛依然直直地看着维克。思达尔轻轻地叫了一声，好像在恳求维克和它说说话。可是维克还是没有搭理思达尔。

突然间，思达尔全身的毛都竖了起来，好像发现了什么危险——远远的草地尽头出现了一个影子。维克也转了个身坐下来，认真地眨了眨眼睛。原来那个影子是另一只公狐狸，它从雪地那边走了过来。这只狐狸是单独行动，它想找一只母狐狸陪着自己，可是一直

没有找到，为了这事，它也很难过。看见维克，它可高兴了，终于遇到一只美丽的母狐狸了，于是那只狐狸骄傲地直接朝着维克走了过来。思达尔这时候可气极了，维克一直是和它在一起的，它不允许其他的公狐狸接近维克。于是思达尔朝着那只公狐狸警告地咆哮着，它冲到了那只公狐狸和维克之间，它可不能让那只公狐狸靠近维克！那只公狐狸坐在雪地上，也朝着思达尔警告地咆哮了一声，好像它们商量好了一样。之后，思达尔和那只公狐狸就迎面对峙起来，朝着对方走过去。此时，维克还是安静地坐在那里，眼看着思达尔和那只公狐狸为了自己就要打起来了，它的眼睛里好像在兴奋地发着光。

战斗开始了，那只公狐狸向思达尔发起攻击，思达尔敏捷地跳到旁边，躲了过去，然后伸出它细长的腿朝那只公狐狸的脖子踢了过去。它们有时候扭打在一起，有时候又分开，但都互相用自己的两只前爪抓着对方，想给对方致命一击。突然，思达尔出其不意地抓住了那只公狐狸的一条后腿，但那只公狐狸也没闲着，它一口狠狠地咬在了思达尔的身上。思达尔顿时感觉一阵疼痛。

维克好像没什么感觉一样，仍然安静地看着这两个为了自己而搏斗的勇士，好像对谁最后获胜一点兴趣都没有。一个小时之后，两只公狐狸之间的战争终于结束了。当那只公狐狸跛着一只脚一瘸一拐地走进它来时的那片树林之后，胜利的思达尔站在了维克的旁边，就像一个保护它的勇士一样。而维克则躺在了雪地上，它看起来就像一块铺在雪地上的毛毯一样，伸展着身体，好像很享受。当时思达尔心里很坚定地想着，只要它和维克都活着，它们就绝对不会分开！

二 维克被抓

戴德·麦特森最近很烦，也很生气。从夏天到秋天，他一直在抓得了狂犬病的狐狸，就是为了那每只十美元的奖金。而且只要戴德抓到了一只狐狸，人们都会觉得那只狐狸感染了狂犬病毒，他们甚至都不把抓到的狐狸带到实验室去检验，就直接把赏金给了戴德，所以戴德真的很开心。可是随着冬天的临近，戴德的生意越来越不好了，因为狐狸越来越少，他得到的赏金也就越来越少。当天气还没有那么冷的时候，戴德还可以在小溪的两岸布置陷阱，抓到很多的貂、麝鼠和浣熊等，收获还是很不错的。但是一到冬天，小溪都结起了厚厚的冰，那些浣熊也都因为寒冷的天气而躲了起来，麝鼠们也躲在了冰层底下。一般在天气寒冷的时候，因为很难抓到猎物，在小溪边打猎会成为一件很没有意思也很让人心烦的工作。

一般来说，一只鼬鼠可以卖一美元，鼬鼠的皮毛很不值钱，根本就不值得专门布置一系列的陷阱。往年隆冬时节，戴德主要是靠抓狐狸来挣钱，而且今年市场上狐狸的价格也涨了，原来是一只两美元，现在涨到了四美元，但狐狸的数量太少了。戴德经常会带着他的猎犬们去山里，有那么一段时间，幸运之神还真眷顾了他，但很快，那些年轻的、没有经验的狐狸就都倒在了戴德和其他猎人的枪下。

理所当然的，戴德很讨厌其他抓狐狸的猎人，因为戴德觉得他们都在抢自己的生意。其他的猎人都有自己的农场、工作，或者是其他谋生的方法，他们抓狐狸并不是为了挣钱养活自己，而是作为一种娱乐。戴德则不同，在他看来，这片森林好像是专属于他的，其他的都是局外人，不应该"入侵"他的领土，抢走本不属于他们的东西。毕竟只有他一直在森林里生活，也只有他是靠打猎为生。戴德从来没有把抓狐狸当作一种运动、乐趣或游戏，在戴德的眼里，赚钱才是最终目的。最后，戴德想到了一个自认为非常不错的计划。

每抓一只狐狸都能赚到一笔钱，由于法律没有规定狐狸的年纪，所以哪怕抓到一只刚出生的狐狸也可以卖四美元。戴德很清楚，野生的母狐狸们如果在树林里奔跑，那么它们几周之内就会产下一窝小狐狸。如果在母狐狸生小狐狸之前杀死它，那戴德只能赚一只狐狸的钱；可是如果先活捉，再等它生小狐狸，那可就不一样了。这就是戴德的计划。

这一天，杰夫·克罗利又开着他的卡车去小镇上，戴德搭了老杰夫的顺风车。戴德在镇上买了很多圈住家禽的网，还有一些用来修缮畜棚的钉子。到家之后，在老杰夫的帮助下，戴德开心地把他买来的这些东西从卡车上搬到房子门口。看来，接下来的几天戴德会很忙。

他在森林里砍了一些黑莓树，用槌子和锥子把这些树干给劈开，这样他就有了足够的木材。地上结着厚厚的冰，很硬，想要打洞是很困难的。所以戴德把黑莓木条钉在一起做了一个底座，把另外一些木条垂直绑在上面，然后在顶端交叉放上一些棍子，这样他就做好了一个小房子的框架了。这个小房子看起来也不小，有四五米宽，八九米长。最后，戴德在这个小房子的外面盖上网，再钉上钉子固定。终于一切都完成了，戴德做成了一个很大的笼子，笼子最边上还有一个小木门。木门上有一个 U 形的铁制门闩，只要一插上门闩，里面的动物就休想跑出来了。

完工之后，戴德还仔仔细细地把这个笼子的每一个地方都认认真真地检查了一遍，每一个接口处，每一颗钉子他都不放过，生怕有什么漏洞被自己忽略了。最后，他在一些自认为有需要的地方做了一些加固。等做完这一切之后，戴德满意地点了点头，他相信任何一只狐狸被关进这个笼子后都休想再逃出来了。接下来，戴德就要执行他的下一步计划了。大部分的狐狸都很聪明，比其他动物难抓得多，对待它们也要格外花心思。其实这一点戴德比任何人都清楚，但是戴德也相信，尽管狐狸很聪明，不过和人类的智慧相比，它们还是差远了，人类完全可以了解它们的行为方式和想法，只有极少的狐狸可以作为人类的对手。这一切戴德都想到了，他每一步都走得格外小心。戴德知道狐狸的嗅觉很灵敏，于是他把抓狐狸的陷阱放在开水里煮了一遍，开水里还放了一些戴德从树林里找来的树皮和其他植物，这样就可以去掉陷阱上人类的味道了。戴德还提前把他那双沉重的、平时用来抓狐狸的手套放在外面晾了一个多星期，让外面的冷风去掉手套上的味道。他还把常穿的靴子以及一块长九米多的帆布和他打猎用的背包放在屋子外面通风，就连他用来捆住狐狸的绳子和挖陷阱的斧子，他都想尽方法去掉了味道。

当这一切准备就绪之后，戴德小心翼翼地执行着他的计划，就像外科医生做手术时那么谨慎。他走到屋子外面，戴上手套，脱掉他穿着的鹿皮鞋，然后用戴着手套的手穿上了晾在外面的靴子。戴德在做这些事情的时候非常小心，生怕自己的手和衣服碰到了他刚去掉气味的东西。戴德把捕兽夹装进背包内，把那一卷帆布绑在背包的最上面，朝着森林里出发了。戴德知道狐狸喜欢跟着人的脚印走，所以他从第一步开始就在地上清清楚楚地踏出了脚印。但在布置陷阱的时候，他就会铺开那卷帆布，走在帆布上，这样就没有脚印了。戴德站在帆布上用斧子在地上挖了一个洞，在洞里放上捕兽夹，再用一根线把捕兽夹系在一根小树枝上，最后埋上土。但是这样还不够，为了防止狐狸发现有什么异常，戴德在陷阱的上面放上了一些枯树枝和落叶，就像平时森林里的那种乱七八糟的地面一样。这下就大功告成了，一般的狐狸是不会发现这里有什么问题的。只要有狐狸经过这里，跳到了陷阱上面，它就一定会被捕兽夹抓住。

戴德把帆布卷了起来，然后离开。他对自己的杰作很满意，觉得自己真是个天才，居然可以想到这样一个好主意。刚才布置的陷阱附近没有留下一丝异味，而且一般人都看不出来有任何异常，更

第二章

别说是狐狸了。只有非常聪明的猎人才能想到这样布置陷阱，这样抓住猎物的概率就非常大了。

接下来，戴德准备在水里布置一个陷阱，他来到一条没有结冰的小河边，河水从一眼泉水中细细地流出来。戴德直接走进了小河里，他戴着手套从小河的底部搬起一块石头，再把石头丢进泉眼中央，这样石头就有一部分冒出了水面。然后，戴德在冒出水面的石头表面滴了几滴有气味的液体，这种液体是他经过很多次实验做出来的，能够散发出吸引狐狸的味道。液体里有鱼油、河狸香，还有其他各种戴德知道的可以吸引狐狸的物质。戴德又朝泉水里丢了一块小石头，就在泉眼中央的那块石头和河岸之间。这块小石头也露出了水面，戴德在它下面设置了陷阱。

其实狐狸一点都不怕水，但是如果天气很冷，水结了冰，它们就和其他怕冷的动物一样，不愿意蹚水过河了。如果有一只四处晃荡的狐狸闻到了戴德放在泉水中央的石头上的液体的味道，肯定会被吸引，然后会跑来看看到底是什么。它会首先踏上那块垫脚的小石头，然后正好就落入陷阱里。

接下来的三天，戴德每天都在忙碌着布置陷阱。到了第五天的时候，戴德兴奋地出去看他的陷阱有没有抓到狐狸。首先是第一个陷阱，里面有一只年轻的狐狸。戴德去的时候，那只狐狸正在激烈地挣扎着。戴德很熟练地抓住了狐狸的头，把它从捕兽夹里拉了出来，然后把捕兽夹重新放好。接着，他往旁边的树林走去，他在那里扒下了狐狸的皮，然后把尸体丢在树林里，留给其他的动物。戴德又去看了接下来的三个陷阱，可惜的是，那三个陷阱里什么都没有，戴德很失望。不过，第四个陷阱没有让他失望，落入陷阱的是一只又瘦又小的母狐狸，它正蹲在地面上一动不动，以为这样就不会引起戴德的注意。戴德一看见它，眼睛就亮了起来，心里一阵喜悦。这只狐狸就是他一直想抓的，它是一只怀了孕的母狐狸。

戴德在那只母狐狸的脖子上系上一根绳子，然后把它被捕兽夹夹住的一只脚拉了出来。戴德拉着绳子，顺着绳子抓住了母狐狸的脖子，用绳子绑起了它的腿和嘴巴，然后把它装进了他的背包里。那一天，戴德又抓住了两只母狐狸，而且都还活着，他把后来的这两只母狐狸也装进了背包。回到小屋后，他把三只母狐狸都放进他精心制作的笼子里，解开它们的绳索，还给它们喂了吃的——这一切都是他计划中的一部分。戴德打算尽可能多地抓母狐狸，用鹿肉来喂它们，等母狐狸生下小狐狸，戴德就可以把它们一起卖掉，这样他就可以赚一大笔钱。

戴德也知道他可能会遇到很多麻烦。母狐狸们即使被关在笼子里，也绝对不会让人类靠近自己和小狐狸身边。但是戴德早已暗下决心，只要可以挣钱，无论遇到什么困难，他都会努力克服。

随着时间的流逝，天气越来越冷。现在，戴德在天亮前两个小时就会离开他的小屋子，直到天黑了才回来。他的计划大获成功，他每天都忙得不可开交。现在戴德一共有26张狐狸皮——大部分来自今年春天出生的小狐狸；也有几张老狐狸的。它们都被挂在戴德的皮毛间里。同时，那个笼子里还关着21只即将生产的母狐狸，它们成天都在笼子里害怕地爬来爬去，仿佛已经知道了自己即将面对的命运。到了夜里的时候，它们又会争夺戴德喂给它们的鹿肉，不管怎样，它们还是要努力地活下去才行。

过了一段时间，戴德知道他不能再去在森林里布置陷阱抓狐狸了，得留在小房子里看着那些被他圈养的母狐狸，毕竟这些母狐狸每只都值不少钱。戴德打算再出去布置最后一天的陷阱，看看还能不能抓到狐狸。

这一天，戴德在一片孤零零的灌木丛附近设了一套陷阱，那套陷阱很隐秘，思达尔的妻子维克不幸落入了陷阱中。那片灌木丛里有很多野兔，而维克最喜欢去那里抓野兔。那条小路旁长满了低矮的铁杉树丛，还有很多散落的大石头，旁边是一片一片杂乱的月桂树丛，极难行走。很少有人知道这条路，但是戴德·麦特森知道。当时，他非常小心地来到这条小路，那些经过这条小路的动物都没有发现戴德。

那天晚上，天还没有完全黑，思达尔和维克从一片灌木丛里走了出来。它们一直在那片灌木丛里睡觉，醒了之后觉得饿了，就沿着这条小路去找食物吃。一开始是思达尔走在维克前面，但是突然吹来了一阵夜风，思达尔灵敏的鼻子闻到了风中有火鸡的味道。于是，它停下脚步，想仔细闻一下，以确定火鸡的具体位置。可是这个时候维克已经超过思达尔，跑到了前面。之前维克曾经尝试过抓火鸡，但是都失败了，所以现在对火鸡没什么兴趣。

维克往前走了一会儿，跳过了一根掉在地上的树枝。那根树枝看起来很平常，可是就在维克落下来的一瞬间，它纤细的前脚就被戴德设下的陷阱夹住了，捕兽夹还发出了啪嗒一声，那声音在安静的夜晚显得非常刺耳。维克立刻就反应过来有什么不对劲，准备逃跑。可是结果适得其反，因为捕兽夹已经牢牢地夹住了维克的脚，它只能被夹子上的铁链硬生生地拉了回来，头朝着相反的方向摔在了地上。陷阱的铁链突然拉紧，顺势带动了第二个陷阱，又是啪嗒一声，只不过第二个陷阱什么也没夹到。维克还是不甘心坐以待毙，于是它朝着旁边使劲地跳了一下，这次它的肩膀被拉得生疼，又被拉了回来。看来它是逃不掉了。

这时，维克没有那么害怕了，它渐渐冷静了下来，伸开四肢躺在了雪地上，它不挣扎的时候陷阱反而没有那么紧了。维克突然变得勇敢起来，它知道害怕没有用，不能乱了阵脚。它开始研究这个陷阱，然后抬起头和站在旁边的思达尔碰了碰鼻子，让它不用担心自己。思达尔刚才一看见维克被陷阱困住就紧张地跑了过来，可是它也无能为力，只能担心地站在维克的旁边看着它。一会儿之后，思达尔也躺在了雪地上，面对着维克，和它一起检查陷阱的构造，看看怎样能逃出去。思达尔和维克都知道，陷阱是人类用来抓它们的一个很危险的东西，如果被抓住了，后果可想而知。思达尔小心地用鼻子碰了碰陷阱，什么都没有发生，于是，它放心地开始仔细检查这个陷阱。它知道维克一定很痛苦，于是舔了舔维克那只被夹住的前脚。维克慢慢站了起来，试着拖动脚上的捕兽夹，用另外三只脚一瘸一拐地往前走，希望能让夹子掉下来。可是没有用，无论维克走到哪里，那个夹子一直夹着它的脚。现在，维克既不用力拉铁链，也不再跳了，因为它知道这样做只能加重自己的痛苦，并不能逃出来。它只能再一次躺在地上，重新研究起陷阱来，看看还能不能想出其他的办法。

思达尔竖着耳朵，焦急地看着维克，它知道必须尽快想办法才行。维克试着用牙齿把铁链咬断。森林里的黑夜非常宁静，维克的牙齿和铁链刮擦出了刺耳的声音，一会儿之后，铁链上就被维克咬得到处都是一条条银白色的痕迹。然而，这样做没有什么效果，不过维克并没有放弃，一直在那里咬着，尽管它也知道它是咬不断铁链的。

思达尔也在想办法，它咬住铁链，可是它一动铁链，维克就觉得自己被夹住的脚非常痛，痛苦地叫了起来。思达尔立刻停止了，它又仔细地看了一会儿铁链，然后用两只前脚在雪地上挖了一道长长的渠道，接着用鼻子将铁链慢慢地推到渠道里，再把雪刨到上面。

做完这一切后，思达尔走到了小路的另一边，回头招呼维克到它那里去。可是当维克走起来的时候，铁链也跟着动，原本埋在雪里的铁链又被拉了出来。最后，维克再也没法往前走了，它再次停了下来，坐在雪地上痛苦地哀号着。看来这次真是没有办法了，真的被抓住了。

思达尔很难过，看来它想的办法没有用。它跳到维克的身边，想要安慰它。它们肩并肩地躺在雪地上，担心地看着那个陷阱，它们都知道这次逃不了了。每当一阵风吹来，一个动物经过，或者是一只鸟儿的翅膀拍动发出一点声响的时候，思达尔就会立刻站起来准备战斗，保护维克。维克落入陷阱已经一个多小时了，虽然思达尔没法帮助它从陷阱里逃出来，但它还可以保护维克，不让任何敌人伤害它。不过到目前为止，还没有任何敌人出现过。

渐渐地，东方的天空亮了起来，可以看见天空中那一层一层厚厚的云，看来今天还会下雪。没过多久，便有小小的雪花慢慢地飘落下来，之后越来越多，越来越密。思达尔着急地在维克身边走来走去，它的肚子早就饿得不行了，从昨天到现在，它什么也没吃。可是现在维克被困在这里，没法和它一起打猎，它又不能丢下维克自己去找吃的。维克现在正一动不动地趴在不断变厚的雪地上，只要它稍微动一下，它被夹住的脚就会非常痛。维克试了很多办法，想摆脱这个陷阱，可是都没有用，现在它已经不抱任何希望了。一

131

聪明的
狐狸

阵强风从峡谷里吹了过来，思达尔闻到了很多味道，它立刻察觉到了危险，本能地往后退了一步，然后它又冷静了下来，仔细地闻着到底是什么味道。思达尔发现其中有一种味道特别强烈——戴德·麦特森正朝着它们走来。当然，维克也闻到了戴德的味道，它知道这下情况不妙了，自己是根本没法逃出去的。维克就像泄了气的皮球那样变得无精打采，它伸开四肢，躺在了雪地上。它把头抵在那条小路上，一动不动。随着戴德越来越接近，他的气味也越来越浓，维克的心里已经害怕得不行了。直到戴德离它们很近了，思达尔才无奈地逃开。不过，它只是逃到了不远处的草丛里。思达尔那时候无比紧张，它一方面非常害怕，另一方面又很担心维克，但还是保持着高度警惕。如果是其他动物来伤害维克，思达尔一定会守在它的身边，拼尽全力保护它，可是现在，思达尔要面对的是人，它还没有足够的勇气。在人类面前，思达尔连自保都很困难，更别说保护维克了。思达尔紧张地缩在草丛里，它什么都看不到，只能聚精会神地用鼻子闻着，用耳朵听着维克命运的走向。

思达尔听见了戴德那橡胶底的靴子踏在雪地上的声音，还闻到了维克的味道。人的味道和狐狸的味道混合在了一起。维克并没有因为害怕而咆哮，思达尔知道它一定还像自己离开之前那样躺在雪地上，也可以想象它一定紧张地看着戴德。直到戴德把绳子系在维克脖子上时，维克才开始挣扎，但是挣扎了一会儿之后就放弃了，它知道这样也没用。那根绳子系得很紧，维克感觉自己都没法呼吸了。当戴德残忍地把维克从陷阱里拉出来的时候，维克那被夹住的脚疼得不得了。接着，戴德就像以前一样用手抓住维克的脖子，用绳子拴住维克的脚，然后绑住了维克的嘴巴。

戴德检查了一下四周，当他看见思达尔的脚印时，脸上浮现出了贪婪的笑容。之前戴德一直不确定那只著名的幽灵狐狸是不是还活着，那次狂犬病爆发后，它是不是已经死了，但是现在，他知道，幽灵狐狸还活着。通过脚印，戴德猜到他抓住的维克一定是思达尔的伴侣，也知道思达尔肯定是在最后一刻不得不走的时候才离开的，或许现在它就在不远的某个地方。但是戴德也知道，即使思达尔在附近，想找到它还是很难的，因为它太聪明了。戴德一把抓起维克的脚，把它扔进了他的背包里，然后捡起陷阱，回家了。

等戴德离开一会儿之后，思达尔觉得自己已经安全了，于是悄悄地跟在戴德后面。思达尔并没有直接跟着戴德的脚印，而是沿着小路旁边的草丛走着。聪明的思达尔知道，这样戴德就不会发现自己的脚印了，而且它还可以闻到前面戴德的味道，知道前面发生了什么。戴德走出草丛，走进了一片树林。树林里的树都很高大，思达尔走得更小心了。之前在草丛里的时候，思达尔可以跑得很快，可以像幽灵一样不发出任何声音，所以戴德根本察觉不到它跟在后面。可是现在，想要完美地隐蔽在大树中间就很难了。虽然各种粗

第三章

聪明的狐狸

壮的大小树枝密密地交错盘旋在一起，几乎完全遮住了地面，可是树干与树干之间还是有很大的空隙，思达尔从一棵树后溜到另一棵树后时就很容易被发现，所以它不得不谨慎。树林一直延伸到一块空地上，空地的中间就是戴德的小屋子。思达尔看见之后早早地停下脚步，躲在远处的森林里，它可不敢贸然靠近戴德的屋子。思达尔在那里焦急地走来走去，它很担心维克，不知道它现在是什么情况。终于，思达尔在一棵大树的树根处停了下来，原来，正好有一阵风从戴德的房子吹到大树这里。思达尔坐了下来，伸着鼻子认真地闻着，这样它或许能知道戴德的房子里正发生着什么。

思达尔从吹来的风中闻到了各种味道，比如木头燃烧的味道、煮熟的食物的味道，还有垃圾的味道。另外，思达尔还闻到了戴德的两只猎犬的味道，它们被拴在狗舍里。当然，思达尔还闻到了很多母狐狸的味道，它们被关在戴德做的笼子里，好像都非常害怕和紧张，其中就有维克。当然，思达尔最后还闻到了戴德的味道。

这时候，从远远的山谷入口处突然传来了一只猎犬兴奋的叫声，它好像发现了狐狸的踪迹。思达尔辨认出那就是杰克的狗桑德的声音，可是思达尔并不紧张。它非常清楚自己去过哪些地方，在哪些地方留下了脚印。它最近只在这片树林的附近出没，并没有去过山谷的入口处那么远的地方，所以桑德发现的狐狸脚印肯定不是它的。已经长得又大又黑的桑德正在追的狐狸绝对不是自己，思达尔自然也就不会担心了。

　　思达尔肚子已经饿得不行了，可是它现在根本就没有心思去打猎，它满脑子都在想怎么把维克救出来。在接下来的时间里，思达尔一直都在试着靠近那个关着维克和其他母狐狸的笼子，可光天化日之下，它还是不太敢走得太近，万一被戴德发现就不好了。终于，夜幕降临了，思达尔的机会来了。它一步一步非常谨慎地靠近那个笼子，同时还一直观察着周围的动静。当快靠近戴德的小屋子的时候，思达尔停住了脚步。戴德的两只猎犬被拴在狗舍里，但它们根本就没有发现思达尔，虽然它们是猎狐犬，可是现在附近的笼子里关着那么多狐狸，它们已经习惯狐狸的味道了。思达尔停了一会儿，它闻到了戴德的味道，看来他已经睡着了，于是思达尔放下心来，转身朝着关着维克的笼子走了过去。思达尔踮着脚走在雪地上，没有发出一点声音，但是维克感觉到了它，所以当思达尔透过笼子周围粗粗的铁丝把鼻子伸进去的时候，维克开心地跑了过来。可是其他被抓的母狐狸都吃惊地退到了笼子的角落里，它们自从被抓之后就变得很敏感，它们怀疑周围的一切，当然也包括思达尔，虽然思达尔和它们是同类。

　　现在最重要的是把维克救出来，思达尔必须赶紧想办法。它抬起自己黑色的脚推了推前面的铁丝网，没想到铁丝网变弯了，思达尔禁不住高兴了一下，可是当思达尔把脚收回去的时候，铁丝网又回到

135

了原来的位置。维克看到了觉得很失望，它知道逃出去是没什么希望了，可它还是坚毅地看着思达尔。这时候，思达尔开始绕着笼子转圈，想看看有没有可以进去的地方。维克在笼子里也跟着思达尔走个不停。思达尔几乎已经检查了笼子的每一个角落，想找到一个缝隙或者是可以弄破的地方，结果让它很失望。戴德之前就考虑到关在笼子里的狐狸可能会逃走，所以他把笼子做得很坚固，他把笼子的各个地方都加固了。但是思达尔没有放弃，它一次又一次慢慢地绕着笼子观察。最后，它意识到从地面根本没办法进入笼子里，于是它就把眼光从地面转移到了其他地方。

戴德做的这个笼子有一米多高，笼子的顶部是很多用黑莓树劈成的木条，一根接一根地绑着，以保证有足够的长度。笼子上面还铺着铁丝网，防止狐狸从上面跳出来。

思达尔抬着头，想找到一个方法跳到笼子的顶部。突然，思达尔发现笼子的门就是一个很好的途径，于是它轻轻地从地面跳到了笼子的门上，它的两只前脚紧紧地抓着笼子，两只后脚抵在笼子的门上，它爬过一道横杆，最后终于费尽力气爬到了笼子的最上面。它一站上去，就将笼子上面的网压得往下塌了一点，这把思达尔吓了一跳。

清晨的第一缕阳光划过黑暗的天空，天亮了，思达尔很不情愿地离开了维克，跑回了树林里。一个小时之后，戴德起床了，他走到笼子旁边看看他的猎物们是不是都在，然后他就发现了思达尔的脚印，他知道思达尔昨天晚上肯定到这里来了。

之前戴德一直以为会有一些公狐狸来这里找它们被抓住的伴侣，可是一直没有公狐狸来过，思达尔是第一只。戴德通过脚印判断出，思达尔就是那只幽灵狐狸。他激动地想，要是能抓住思达尔就好了，不仅可以卖很多钱，而且以后可以拿这件事出来炫耀。戴德知道，思达尔肯定还会再来的，他决定做好准备，抓住思达尔。

晚上，戴德并没有像往常那样天一黑就睡觉，他坐在一扇半开的窗户那里，直勾勾地看着笼子。戴德握着猎枪，将猎枪架在窗户上，枪口正对着笼子。那是一杆单管枪，里面装着一颗子弹。此时，弯弯的月亮高高地挂在天上，淡淡的月光照在树林里，所有的东西都看得清清楚楚，地面上到处都是斑驳的影子。戴德就在窗边等着，半个小时之后，思达尔出现了。它一到笼子那里就继续之前做的事——绕着笼子转圈。戴德非常紧张，他的手已经放在猎枪的扳机上了，他随时可以开枪。月光斜斜地照在笼子上，笼子面向房子的那一边可以看得很清楚，但是另一边很黑，什么都看不见。思达尔一直在笼子周围转个不停，戴德很难确定它的位置。他很想抓住思达尔，但是他知道自己只有一次机会，如果这一枪射不中思达尔，它就会立即逃走，之后就很难再有机会了。思达尔走到了笼子的最后面，这下戴德可以透过月光看见它了，他紧张得都不敢呼吸，等

137

了这么久，现在终于有机会可以抓住著名的幽灵狐狸了。在笼子里面，维克正靠在思达尔旁边，它们靠得很近。戴德并不想杀死维克，于是他等着它们分开的时刻。突然，戴德意识到思达尔可能想跳到笼子的最上面去，现在思达尔已经转到笼子的木门那一边，戴德已经看不见它了，可是戴德知道思达尔在干什么。思达尔正估算着从地面到笼子顶部的距离，准备再次跳上去。戴德慢慢地动了动架在窗户上的猎枪，把枪口往上抬了一点点，对准笼子的木门。只要思达尔离开地面，戴德就可以在不伤害其他狐狸的情况下击中它。戴德看见有一个影子跳了起来，他开枪了。刹那间，猎枪的枪口火光闪耀，接着就听到子弹射进木头里面的声音。戴德知道没有射中思达尔，于是他赶紧在口袋里翻找第二颗子弹。

其实，他所看到的黑影不过是变幻的月光中所产生的影子。虽然刚才戴德很慢、很小心地挪动着猎枪，但是思达尔还是听到了声音。它停在原地，没有动，辨别着声音到底是从哪里发出来的，以及那是什么声音。戴德的第一发子弹刚好射在了扣着笼子的木门的铁扣上，铁扣被子弹打了下来，笼子的门随即打开，被笼子关着的母狐狸们立即一窝蜂地逃了出来。当戴德准备开第二枪的时候，笼子里的狐狸都逃光了——当然，思达尔和维克也逃走了。

三　思达尔和维克的窝

思达尔紧紧地靠在维克身边，想叫维克逃到树林里面去。当时，狐狸们都是一起逃走的，不过后来，其他的狐狸都各自朝着不同的方向逃走了，只剩下思达尔和维克。

戴德的两只猎犬的叫声一直回荡在这片树林里。当他发现笼子里的狐狸都逃走了之后，气得头都发昏了，不知道该怎么办好。他只能放开他的两只猎犬，希望能抓几只逃走的狐狸回来。思达尔听到了猎犬的叫声，但是它并不在意，因为它根本就不怕这些猎犬，而且它们正在追的是另外一只狐狸。猎犬的叫声终于变得越来越小，最后消失在了远处。思达尔放慢了自己的脚步，轻松地往前走。感觉到思达尔放慢了步伐，维克也不再继续拼命地往前跑了。它现在还是很紧张，被关在笼子里的可怕经历已经给它造成了心理阴影。但是还好，它除了那只被捕兽夹夹住的脚受了一点伤之外，其他地方什么事都没有。走在前面的维克放慢脚步等着思达尔走到它的身边，然后它们互相碰了碰鼻子，算是彼此安慰。思达尔温柔地舔了舔维克的脸。一会儿之后，它们继续赶路，这一次思达尔走在前面。

一阵寒风从南边吹来，又开始下雪了，这应该是这个冬天的最后一场雪了吧！地上的雪已经开始融化，但是树林里的小溪还结着厚厚的冰，盖住了底下的流水。然而，柳树上已经长满了新芽，只要天气再暖和一段时间，就会有柳絮漫天飞舞了。那个抓住维克的陷阱给了思达尔一个教训。当它再次走上一条窄窄的小路的时候，已经不会像以前那样不以为意地走过去，现在思达尔多了个心眼，它会跳过去，接着维克也会跟在它后面跳过去。自从被抓过一次之后，维克也吸取了教训，它现在非常相信思达尔，它只会在思达尔认为可以走的时候才往前走，绝对不会像以前那样贸然行动，它现在一点都不想离开思达尔。它们跳过一条小路，走过一片草丛，又经过树林，逐渐远离戴德·麦特森住的地方。就在思达尔准备跳过一条小路的时候，它又闻到了陷阱的味道。

这个陷阱并不是戴德·麦特森设置的，而是伊莱·科特曼为了保护他的兔子而设的。这个陷阱设置得很明显，而且还有味道，思达尔立刻就发现了。别说是聪明的思达尔了，就算是一只很笨的狐狸也能发现这个陷阱。思达尔慢慢地往前走着，每一步都小心翼翼。它避开了这个陷阱，走到了陷阱的另一边。思达尔在离陷阱不远的地方用鼻子闻了闻，有一种吸引狐狸的味道让它忍不住流下了口水。如果在平时，思达尔肯定会仔仔细细地研究陷阱上到底是什么味道，但是维克刚刚被陷阱抓过，思达尔现在也觉得人类很可怕，所以它不敢太靠近那个陷阱。思达尔慢慢地在陷阱的周围转圈，它还是想看看陷阱是什么样的，最后，思达尔好像生气了一样，用它的后腿朝着捕兽夹踢着积雪和泥土。当一块结实的冻土掉到捕兽夹上的时候，伴着一声重重

140

的金属的啪嗒声，夹子合上了。思达尔被吓了一跳，接着什么动静都没有了。思达尔继续绕着那个陷阱观察着，刚才啪嗒一声，捕兽夹已经弹起来掉到了雪地上，链子就堆在一旁。思达尔站在原地，伸长了脖子仔细地闻着陷阱上的味道。这次，思达尔进一步丰富了自己的保命知识：虽然陷阱很可怕，但是只要不靠近它就不会有什么危险。陷阱不能跳到很远的地方去抓住猎物。当陷阱埋在地下的时候，它也只会在地面上有重力压迫的时候才弹起来。而且现在思达尔也记住了那些涂在陷阱上用来诱惑它们的味道，以后就不会再上当了。那种味道虽然很有诱惑力，可是带来的结果是灾难性的。在思达尔的大脑里，现在那种有诱惑力的味道已经成了危险的信号。

思达尔和维克在一片灌木丛边停了下来，准备去灌木丛里找食物。它们顺利地抓到了野兔。自从维克被抓之后，思达尔就没吃过东西，现在它终于把肚子填饱了。以前它们吃饱之后就会躺下来睡觉，但是这次它们没有睡觉，因为它们还在担心猎人戴德可能会追过来。思达尔知道，有的时候速度比力气更管用，虽然它们没有人类那么大的力气，可是它们可以跑得比人快，而现在，思达尔只有一个信念，那就是离猎人戴德越远越好。夜晚来临了，温度变得很低，地上的雪慢慢结成了冰。思达尔领着维克来到了一条小小的、没有结冰的小溪里，思达尔原本打算蹚过去的，可是溪水很冷。最终它放弃了这个想法，找到一个有很多石头的山坡，然后和维克一起爬

第三章

聪明的
狐狸

过了一块又一块的大石头。因为石头上面的雪已经开始慢慢融化，所以它们留下的脚印会逐渐消失，这样别人就找不到它们了。思达尔和维克就这样一直马不停蹄地赶路，不知不觉天又亮了。它们来到了一座小山的山顶上，决定在一个灌木丛里休息一会儿。维克已经很累了，所以睡得很沉。思达尔是经过很认真的考虑才决定在这个地方休息的，因为有风从它们来时的方向吹到这个灌木丛里，所以若是戴德跟来了，它们就可以闻到。思达尔并没有睡着，它必须时刻保警惕。第二天，它们一整天都在赶路，但是并没有遇到什么危险。天黑的时候，它们又准备去找点吃的补充体力。

因为思达尔并没有跑回去确定有没有人跟在后面，所以它不知道戴德曾经一直跟在它们后面。维克逃走那天早上，天还没有亮，那两只猎犬就回来了，什么也没有抓到。当戴德出门的时候，两只猎犬都躺在他屋子的门口。戴德只能气得发狂，因为他辛辛苦苦抓的所有母狐狸都逃走了，而他知道这一切都是因为思达尔，如果思达尔那天晚上没有来，狐狸们就不会逃走了。当时地上留下了很多狐狸脚印，但是最终戴德还是发现了思达尔和维克的脚印，因为思达尔前脚有六个脚趾头，很容易辨认。戴德用皮带拴着他的两只猎犬，牵着它们沿着脚印追在思达尔和维克后面。但在一片乱石堆那里——思达尔带着维克走过的山坡——戴德发现它们的脚印没有了。他对两只猎犬大叫着，让它们赶紧去找思达尔的去向，可它们根本就无动于衷。它们已经跑了一晚上，这时候再去找思达尔的踪迹，对它们来说是一件很难的事情。戴德知道他找不到思达尔和维克了，只能无奈地带着两只猎犬回到了小屋子里。

戴德回去之后把猎犬拴在了狗舍里，然后继续研究他的陷阱，他发誓一定要抓到思达尔，他怎么能输给一只狐狸呢？这大概是戴德生命中第一次不是因为钱而去抓一个动物。当时戴德最想做的事就是把思达尔的皮扒下来。后来，戴德把两只猎犬留在家里，独自出发去森林里布置更多的陷阱。这一次，他所有的陷阱都是为了抓住思达尔。

思达尔和维克已经逃到了深山里。维克不愿意离开这片难以穿越的、茂密的丛林，它觉得很满足。于是思达尔停下来，待在维克身边。对它们来说，在这里找食物还是很容易的，而且到处都是草丛，很隐蔽，敌人很难发现它们。

当最后一场雪下完，积雪开始融化的时候，树上的嫩芽儿开始生机勃勃地舒展开来。维克的脾气变得很暴躁，特别容易生气。有一次，思达尔刚刚抓住了一只兔子，维克走过去，直接把兔子抢了过来，以前它是不会这样的。在思达尔看来，维克现在好像完全变了一个样子，它还有点怕维克，所以不论维克想干什么，思达尔都随它的便，从不阻拦。维克现在对一些新的、奇怪的地方很感兴趣，它每经过一个旧的土拨鼠的窝、一道裂缝、一个空心树桩，都会停下来彻底检查，仔细地闻个不停。当思达尔也和它去看同一个地方的时候，维克就会变得很生气，它会张开嘴巴，露出牙齿，对着思达尔咆哮。其实维克是在找一个属于它们的窝，它的肚子里已经有它们的宝宝了，但是思达尔一点儿都不知道这些。思达尔和维克就这样走过了很多座小山。

在一个春天的傍晚，天还没有黑，空气中弥漫着一种辛辣的味道——那些正在生长的植物发出的味道。它们来到一个有很多石头的地方，走到了一道裂缝那里。那是很久以前思达尔躲过冬天的第一场暴风雪的地方，那块斜着的大石头还在原来的位置。那只原来住在里面的豪猪在距离那块大石头不远的地方，正懒洋洋地躺在一棵桦树的树杈里晒太阳。寒冷的冬天刚刚过去，它需要晒晒太阳来驱走身上的寒气。豪猪只在冬天的时候才需要一个可以躲避风雪的地方，之后不论是春天还是夏天，不论是起风、下雨，还是出太阳，它都一直待在树上。

这时候，维克立刻溜进了石头缝里。思达尔已经知道，维克在找窝的时候不喜欢自己一起去，所以它在裂缝的外面等着，尾巴卷在后腿边上，两只前脚紧张地动来动去，它不知道维克是否喜欢这个地方。过了一会儿，维克出来了，它看了看四周，然后又跑进了石头缝里。一个小时之后，维克才再次从石头缝里出来，身上带着一种奇怪的紧张和焦虑。它走到离石头不远的地方坐下来，转过头看了看后面。最后，它觉得应该和思达尔一起去找食物了，但是它又不愿意去远的地方。思达尔低声地叫着，好像在求维克，它知道其他找食物的好地方，可是维克不愿意去。维克现在好像对找食物一点兴趣都没有了，即便这时背后有一只老鼠在吱吱地叫着，它也不愿意转过身去抓那只老鼠。于是思达尔趴到草堆那里，用两只前脚抓住了那只老鼠。它嘴里咬着那只老鼠，看着维克，仿佛在问维克要不要吃。可是维克对着思达尔咆哮了起来，思达尔只能赶紧跑到一边独自吃掉了。半个小时之后，思达尔抓住了一只松鸡，当时那只松鸡受了惊吓，从一棵树的树枝上飞到了地面。维克看见思达尔抓到了松鸡，立刻就跑了过来，把思达尔嘴里的松鸡抢了过去，然后又回到它之前待的地方。维克用两只前脚抓住松鸡，整个身体缩在一起，它开始拔松鸡的毛，慢慢地把松鸡吃了。在维克吃松鸡的时候，只要思达尔靠近它，它就会转过身把思达尔赶回去，然后张开嘴对着思达尔愤怒地吼叫。吃完松鸡之后，维克又回到了那个石头缝里，一直没有出来。

思达尔只能在外面等着，它也不知道维克到底在里面干什么。思达尔觉得又困惑又委屈又有点担心。一阵风吹来，拂动着思达尔的毛发，思达尔干脆趴在了地上。它的身子蜷在一起，头搁在两只前脚上。可是思达尔并没有睡着，因为它一直都在担心维克，维克这段时间真的变了很多，思达尔怎么想也想不通到底是为什么。又过了很长时间，维克还是没有出来，思达尔等得有些不耐烦了。它站起来走到那块大石头的后面，想看看维克到底在干什么。思达尔

第三章

躲藏得很好，维克却偏偏看见了它。维克变得非常愤怒，身上的每一根毛都竖了起来，张开嘴露出锋利的牙齿，对着思达尔歇斯底里、张牙舞爪地大叫着。思达尔吓了一跳，赶紧往后退，它决定还是自己先去找点食物吃。

　　第二天天快要亮的时候，思达尔才慢慢地往石头缝那儿走去。在思达尔看来，维克已经是它的伴侣了，即使维克最近变得非常暴躁，非常容易生气，但是思达尔从未想过因此离开它。思达尔在离石头缝有一段距离的时候停下脚步，坐了下来，它可不想再被维克吼一次，这时候它的气可能还没消呢！过了一会儿，什么事情都没有发生，维克也没有出来。于是好奇的思达尔慢慢地靠近石头缝，想看看维克在石头缝里面干什么。

　　思达尔看见维克舒展着身体躺在石头缝里，更让思达尔吃惊的是，有三只小公狐狸和两只小母狐狸在维克身边爬来爬去——像所有刚生下来的小孩子一样，它们正在母亲身边找奶吃呢！

　　维克看见了思达尔，对着它警告地叫了一声。思达尔看见维克生气了，也不敢走进石头缝里，于是慢慢地走到外面，就在离石头缝不远的一小片月桂树丛里躺了下来，它决定睡一会儿。思达尔将身体蜷在一起，用粗粗的尾巴盖住了鼻子和爪子。一个小时后它就醒了过来，因为它知道维克刚生完孩子，身体还很虚弱，没办法自己去找食物。思达尔决定去给维克找食物，它来到不远处一个它知

道的有松鸡的地方，埋伏了一会儿，果然有松鸡出现，思达尔很快就抓到了一只。

　　当思达尔叼着松鸡准备带给维克的时候，它闻到了猎人戴德·麦特森的味道，立刻惊恐得毛发直立。戴德是它们的死敌，上次维克被戴德抓住的场景还历历在目，现在它又刚生完孩子，思达尔实在担心在洞中孤立无援的维克和孩子们。思达尔停下了脚步，思考着该怎么做。它跑到了石头缝那里，发现戴德并不在那里，松了一口气。然后思达尔丢下松鸡，又往远处跑去，想弄清楚戴德在哪里，还有他在干什么。

思达尔发现戴德的味道是从穿过田野的两条小路上传过来的，于是它从看上去明显一点的那条小路跟了上去。思达尔并没有沿着戴德的脚印往前走，而是走在小路边上，因为它不知道戴德是不是在这条小路的什么地方设了陷阱。事实上，戴德的确在这条小路上设置了陷阱，可是他不知道聪明的思达尔已经不会那么轻易地上当了，而且现在的思达尔还能辨认出哪里有陷阱。

思达尔在路边走了一会儿之后，就发现了第一个陷阱。那个陷阱被戴德设置得很隐蔽，即使是一只非常聪明的狐狸经过这里，要是没有留心的话，肯定会落到陷阱里，可是思达尔不会。思达尔停了下来，观察着那个陷阱。那个陷阱上面有一小堆杂乱却很新鲜的草，思达尔看见就觉得怪怪的，它可以肯定这是一个陷阱。当时戴德在这里用斧子挖了一个洞，然后很仔细地设了这个陷阱，没有留下任何痕迹，但是地上长着的青草他没有办法移动，所以还是被思达尔察觉了。思达尔发现距离这个陷阱十几步远的地方还有戴德的脚印，之后脚印就突然消失了；在陷阱的另一边十几步之外的地方，戴德的脚印又出现了。这真的很奇怪，为什么陷阱附近没有戴德的脚印呢？思达尔想不明白，于是它又回到了陷阱那里。思达尔坐了一会儿，看着陷阱，然后它转了个身，用自己的两只后腿用力地朝着陷阱蹬着地下的泥土。于是，地上的一些小泥土块、小石头等纷纷落到了那个陷阱中的捕兽夹上面，思达尔不停地用力蹬着。不一会儿，思达尔就听见了它预料之中的一声金属的啪嗒声，陷阱启动了。思达尔停下来，转过身去看，那个弹开的捕兽夹已经从地底下跳出来，完全露在了外面。

思达尔兴奋地张开嘴巴，伸出舌头，脸上满是恶作剧之后开心的表情。它就这样偷偷地把猎人戴德精心设置的陷阱破坏了，戴德看到之后肯定要火冒三丈。这个陷阱解决了，思达尔又回到小路上，接着往前走。它又发现并破坏了第二个陷阱。而猎人戴德呢，他设置完第二个陷阱之后就慢慢地走回了山谷。思达尔一直沿着他的脚印走着，摸清了他的打猎范围。之后，思达尔就回去找维克了。

其实思达尔还不知道，戴德因为上次它把所有的母狐狸都放跑的事情一直怀恨在心，一直想要找它报仇呢，所以平时只要他出来打猎，都会随身带一些陷阱，然后看到一个觉得思达尔可能会经过的地方就把陷阱埋下去，希望有一天可以抓到思达尔。不过，现在不是冬天，地上也没有积雪，戴德根本就看不到思达尔的脚印，只能凭直觉随意地设置一些陷阱。

可是，当戴德去检查他设置的陷阱时，他看见了被思达尔破坏的陷阱，反而确定了幽灵狐狸思达尔就在附近生活。虽然其他聪明的狐狸可能也会破坏猎人们设置的陷阱，但是只有很少的狐狸知道哪里有陷阱，思达尔就是这少数中的一个，所以戴德断定这一定是思达尔干的。从此，戴德只要有时间就会到那次设置陷阱的附近去转转，他不再继续设置陷阱了，因为他知道聪明的思达尔能够辨认出来。他现在的目标是找到思达尔的老窝和它的孩子们。

有时候，思达尔也会跑出来沿着戴德的脚印往前走，还以为能找到戴德设置的陷阱，可是后来再也没有发现过。对猎人戴德，思达尔还没有什么特别的想法，它还不知道戴德一直记着它。而且，戴德后来也的确没有再靠近过思达尔它们的窝。

思达尔捕猎的范围是很明确的，这倒不是根据地形而来，而是避免和其他狐狸的捕猎范围重合。这样的话，每只狐狸都可以找到食物，大家就不会因为打猎的事而打架或是侵犯彼此的领地。可是也会有特殊的情况，如果它们的猎物跑到了别的狐狸的领地，它们也会追上去，别的狐狸也是一样，所以有时候还是会不可避免地发生争斗。有一些在树林里四处晃荡的动物，它们可不管哪里是谁的领地，也没有什么原则，什么地方都敢去。有一次，有一只很大的黑熊带着三只小黑熊走到了思达尔的领地。思达尔一直跟在它们后面，直到最后它们走出了它的领地才停下脚步。思达尔必须保证妻子和孩子的安全。并且，思达尔已经弄清楚了它的领地范围内所有的鼬鼠、貂和食鱼貂的位置。它们的数量都不是很多，而且大多数都待在草丛和灌木丛的深处，不怎么出来，只有一些鼬鼠偶尔会靠近思达尔和维克住的那块大石头。每次只要有鼬鼠靠近石头缝，思达尔都会凶狠地朝它们发动攻击，把它们赶走。因为思达尔知道，鼬鼠们很喜欢吃小狐狸，它们可以轻松地咬断一只小狐狸的脖子。

思达尔还有另外一个敌人，一个和猎人戴德·麦特森一样危险和讨厌的敌人，思达尔已经好几个月没有遇到它了，那就是野猫斯特布。野猫斯特布在夏天来临的时候，忍受不了太阳的炙烤，去了分水岭的另一边。那里很容易找到食物，它整个夏天都待在那里。久而久之，那里几乎没什么吃的了，找食物变得很困难，所以斯特布回到了山的这一边，也就是思达尔所在的地方。

在一个很舒服的晚上，思达尔出去为维克找食物，不经意间发现了斯特布刚刚留下的脚印。思达尔立刻愤怒了，身上的毛发也都竖了起来，整个身体都变得僵硬。以前发生的一幕幕都浮现在了思达尔的脑海中——斯特布杀害了它亲爱的兄弟，它对斯特布的仇恨又重新燃烧了起来。思达尔立刻以最快的速度沿着斯特布的脚印往前跑着，它的心也跳得飞快。可是思达尔惊愕地发现，斯特布正朝着维克和孩子们待的地方走去。

当思达尔离石头缝只有二十几米的时候，听见了维克的阵阵咆哮声。思达尔意识到维克和孩子肯定遇到危险了，斯特布应该就在那里。思达尔着急地用力往前跳着。终于，它看见那块大石头了，在昏暗的月光下，野猫斯特布那短短的尾巴正直直地竖在那里，它全身紧绷着。而维克正站在它和那块大石头的中间，瘦瘦的身体绷得很直，张开嘴凶狠地露出了牙齿。它要保护它的孩子们，就算丢掉自己的性命。这时，思达尔以最快的速度向斯特布扑过去，它不会让这只野猫伤害它的妻子和孩子，它还要为自己的兄弟报仇。

思达尔是从斯特布的后面开始进攻的，斯特布根本就不知道思达尔会突然出现，着实吃了一惊。思达尔趁它还没反应过来，抓住机会在它身上狠狠地咬了两口。猝不及防的斯特布痛苦地跳到了旁边的一块小石头上，它顿时火冒三丈。斯特布嘴里愤怒地吐着唾沫，接着就朝思达尔扑了过去。它往前一跳，伸开两只前脚，张开嘴朝着思达尔咆哮着，试图把思达尔压在自己身下。但是思达尔的动作可比斯特布要灵活多了，脑子也比它聪明，思达尔知道如果被斯特布压制住，它的性命就不保了。所以在斯特布扑过来的时候，思达尔早早地就跳到了一边，灵敏得就像一条蛇一样。斯特布落到了地上，还没有等它反应过来，思达尔又朝着斯特布扑了上去。这次思达尔感觉到嘴里有血的味道。思达尔兴奋地用两只后腿跳着，两只前脚挥舞着，就像一个拳击手一样。

思达尔走到了离斯特布有一定距离的地方，它首先要保证自己的安全，再找机会进攻。这次它瞄准了斯特布柔软的肚子，那里应该是斯特布的弱点，一找到机会，思达尔就立刻朝斯特布的肚子咬过去。它将自己的牙齿深深地咬进了斯特布的皮肉里。斯特布还没反应过来，只感觉肚子上疼痛无比，它愤怒地大叫起来，然后弯起身体准备反击，它的两只前脚同时朝思达尔抓去。思达尔敏捷地躲过了斯特布的一只前脚，但还是被另一只前脚击中了。它瞬时觉得身上像针扎一样痛，斯特布锋利的爪子在它身上划了好几道深深的口子，而且还伤到了它的肋骨。思达尔也听到了斯特布得手之后得意的叫声。

思达尔知道情况不妙，在这关键的时刻，它绷紧了自己的脚，然后使尽全力又朝斯特布身上咬了几口。可是，斯特布的体形毕竟要比思达尔大很多，身体也比思达尔强壮很多，一会儿之后，思达尔就体力不支，抵挡不住斯特布的进攻，处于劣势了。可是即便如此，思达尔从来没有想过要放弃，它一直坚持着和斯特布抗争。

突然，斯特布不再进攻了，原来维克一直在旁边焦急地看着它的丈夫和斯特布之间的斗争，看见孩子们遇到危险，它自己也浑身充满了勇气。斯特布全心和思达尔打斗，都忘记了维克还在旁边看着。就在这个时候，维克突然从石头缝的入口处跳了出来，朝着斯特布咬了两口。维克知道怎么去进攻，而且它的力气还不小，它的突然袭击解救了思达尔。斯特布痛得缩起了后脚，也就是维克刚才咬的地方。原来维克刚好咬在了斯特布后腿的肌腱上，让斯特布的后腿几乎废掉了。在一边的思达尔看见机会来了，立刻朝着斯特布再次进攻，疏于防范的斯特布再次被思达尔狠狠击中。鲜红的血液从斯特布毛茸茸的脖子上不断地往下流着，斯特布忍住了疼痛，一边用两只前脚拖着

第三章

自己的身体往旁边一点点地挪动，一边防备着思达尔和维克的进攻。思达尔一直跟在斯特布的身边，这次它说什么也不会放走斯特布的，思达尔在等着给斯特布最后一击，结束它们之间的恩怨。其实已经没有必要了。斯特布正用全身仅有的力气努力地朝一块平坦的石头上面爬着，爬到一半的时候，它全身都开始颤抖，然后从石头上掉了下来，躺在地上一动不动了。

第四章

一　猎人戴德·麦特森

猎人戴德·麦特森是一个阴晴不定的人，脾气很不好，而且特别迷信。戴德一直都相信一件事，那就是月亮的阴晴圆缺对人类的行为有着很深刻的影响，他觉得自己的所作所为都是受月亮影响的。例如，虽然戴德设置了很多的陷阱，但是他没有抓到足够多的狐狸，他就会觉得是月亮的缘故。还有一些其他事情，比如钓鱼、狩猎等，戴德都会把事情的结果和月亮联系到一起——如果事情的结果没有戴德预期的那样好，戴德就觉得，要等月亮运行到了合适的时间，事情就会变得很顺利了。而现在，戴德一直没有抓到幽灵狐狸思达尔，所以他就一直责怪月相不好，导致自己做什么都不顺利。

这段时间，他一直在努力寻找思达尔，哪怕只有一点点的踪迹。可是过去了很长一段时间，什么结果都没有。他之前设置的陷阱都被破坏了，戴德坚信那些都是幽灵狐狸思达尔干的，按理说，思达尔应该就在陷阱的附近活动。戴德就一直在那一带搜寻着思达尔的踪迹。他甚至已经弄清楚了每一个土拨鼠的洞穴的所在地，哪里有空心树桩，还有每棵树长在什么地方，可见戴德真的花了很大的工夫来找思达尔。戴德也去过思达尔出生的那个窝，可那里面什么都没有。后来戴德又去了所有他觉得思达尔可能会出现的地方，然而，还是没有找到关于思达尔的任何蛛丝马迹。

只有一个地方戴德还没有去过，他自己也忽略了，那就是思达尔一家住的那块大石头后面的缝隙。戴德曾经无数次横穿那片乱石堆，但是思达尔它们藏身那块大石头靠在另一块大石头的后面，而且入口处现在已经长满了灌木和小草，很好地把石头缝给掩藏了起来，戴德又怎么会发现呢！另外，这片乱石堆附近只分布着零零散散的几棵树和几片小灌木丛。戴德知道狐狸都喜欢树很多、灌木很茂盛的地方，而且幽灵狐狸思达尔那么聪明，现在又有了孩子，它肯定想把自己的孩子藏好，所以肯定不会藏在乱石堆那里。

虽然戴德确定了思达尔的活动范围，可他还是一直找不到思达尔的踪迹，这真的是一件很奇怪的事。他认为，月亮呈现出的都是有利于思达尔的月相，也就是说月亮在帮助思达尔。戴德相信，月相是变化的，思达尔的好运总会有到头的时候，他一直在等着那一天的来临。当然，他不可能每天什么都不做，只去找思达尔，他还要赚钱维持生活。戴德要到树林里去采摘一些可以用来做药材的植物的根，特别是夏天的时候，光靠这些植物的根，戴德就可以赚到足够的钱来养活自己。戴德最喜欢去找西洋参和金印草根，因为这两种植物的价格最高，只要找到一棵就能卖很多钱。除了这两种，戴德也会挖一点其他植物的根，他会先把那些植物分类，然后风干，接着就可以到镇上把它们卖给一些小店的老板了。当戴德攒了足够多的植物的根，他就会搭附近农民的顺风车去镇上把根都卖掉。如果碰巧没有人去镇上，而戴德又很想把那些植物的根卖掉的话，戴德就会把它们装在一个他自己做的四轮手推车上，推到镇上去卖。

那一天的傍晚又热又闷，空气中到处都是灰尘，戴德正推着他空空的四轮车从镇上往家里赶。可是当戴德靠近克罗利农场的时候，突然又改变主意，不准备回家了。戴德想，如果他去杰克家的话，老杰夫肯定会招待他喝杯水或者是冰牛奶，或许还会被邀请吃晚饭呢！想到这儿，戴德就推着他的车，朝着杰克家走去。看见戴德来了，桑德从丁香花丛里懒洋洋地摇着尾巴走了出来。戴德摸了摸已经长得很大的桑德，心中烦闷。作为一个猎人，戴德知道桑德绝对是这个山谷里最好的猎犬，也是他见过的最好的猎犬，可是让他郁闷的是，这么好的一只猎犬居然是杰克这个小男孩的，而且杰克还只是为了好玩才带着桑德去抓狐狸，真的是浪费！戴德觉得无法理解，要是桑德是他的猎犬该有多好，那他就可以抓更多的狐狸、赚更多

第四章

的钱了。其实抓狐狸是一件很难的事，如果有人费尽力气地去抓狐狸，要不就是为了钱，就像戴德一样；要不就是和狐狸有私人恩怨。不然谁会费那么大的劲去辛辛苦苦地抓一只那么难抓的狐狸呢？

天气很热，桑德也无精打采的，它和戴德打了招呼之后就慢悠悠地走回它刚才在丁香树丛里找到的那个凉快的洞里去了。克罗利夫人碰巧开门出来，看见戴德后说："戴德，你来了啊！"戴德回答说："你好，克罗利夫人，老杰夫和杰克呢？抓狐狸去了吗？"克罗利夫人回答说："没有呢，他们还在干农活，没回来。你先到厨房坐一会儿，里面有电风扇，会凉快一点儿。"戴德看见老杰夫不在，拒绝道："不用了，谢谢你，我去看看能不能帮帮他们。"说完戴德就朝着杰克家畜棚的方向走了过去。其实他并不是真的想帮老杰夫他们干活，而是因为，如果他去帮忙干活，老杰夫肯定会邀请他吃晚饭。戴德知道克罗利夫人做的菜很好吃。就像所有的单身汉一样，戴德很不喜欢做饭。戴德在畜棚里找到了老杰夫，他正在解开马的缰绳，杰克正赶着奶牛到畜棚里去挤牛奶。戴德热情地说："杰夫，需要我帮你牵这些马吗？"老杰夫笑着说："好啊，你来得真是时候，刚好帮我搭把手。"

戴德很熟练地解开了那两匹拴在一起的马，它们都自觉地走回了各自的小畜栏里面。戴德跟在它们后面进了畜棚，解开马儿身上的马具，然后把马具挂在畜棚里的钩子上。接着，戴德用马梳理顺了马儿身上的毛，把它们梳理得干干净净的，两匹马儿都满足地喷着气。忙完之后，戴德又到阁楼上把干草叉下来，给马儿喂了他觉得分量比较适中的干草。

戴德给马儿喂草的时候，老杰夫和杰克正在挤牛奶。戴德先去畜棚的自来水管那儿喝了点水。天气很热，干了这点儿活他就渴得受不了了。喝完水，戴德舒服地坐在了一个小空桶上面。这时候，老杰夫和杰克正在挤牛奶。老杰夫亲切地问道："戴德，最近过得怎么样？"戴德回答："哎，月亮好像在和我作对。最近我运气不太好，但是总有机会的，我一定要抓到幽灵狐狸！"

老杰夫和杰克都察觉出了戴德说话时那种恶狠狠的口气，他们奇怪地看着戴德，不明白戴德怎么会这么恨那只狐狸。老杰夫接着说："那你发现幽灵狐狸的踪迹了吗？""我知道它就在柯尔特峡谷里的小山附近，我很确定，就是那只狐狸害得我弄丢了辛辛苦苦抓的21只母狐狸，我发誓一定要抓到它！"说完这些之后，戴德一遍又一遍地向老杰夫说着幽灵狐狸思达尔是怎样跑到他的笼子那里，他又是怎样不小心放掉了所有母狐狸的。这件事让大家对幽灵狐狸思达尔更加好奇了，它竟然有这么大的本领，的确是一只非同寻常的狐狸。其实住在哈格山谷里的大部分居民都很不喜欢戴德圈养那些要生小狐狸的母狐狸然后杀小狐狸剥皮的计划。所以那次笼子里的母狐狸都逃走的时候，峡谷里的居民们暗地里都很开心。不仅如此，

聪明的
狐狸

对于幽灵狐狸思达尔和猎人戴德之间的恩怨，大部分居民都是支持思达尔的，但这并不是说他们看见思达尔就会放它一条生路，事实上，无论哪个猎人看见思达尔，都会想要抓住它。山谷里的居民们都知道戴德的那些抓狐狸的把戏，戴德毕竟是人，思达尔再聪明也只是一只狐狸，所以就像人们看比赛一样，对抗的双方中处于弱势的那个总是会让人同情。同样的道理，山谷里的居民们都很同情思达尔。

终于，老杰夫和杰克挤完了牛奶，他们到畜棚的水龙头那里把脸、手还有胳膊都清洗了一遍。现在所有的农活都忙完了，他们三个人一起回屋子里吃晚饭。老杰夫和杰克在农场里整整忙了一天，已经累得不行了，所以话很少。戴德也没什么话，他可不是因为白天累了，而是因为他一直都忙着吃饭，只有别人和他说话的时候才抬起头说两句。甚至连之前三句不离口的幽灵狐狸的事情他都没有再提。吃过晚饭之后，戴德就向老杰夫告辞，推着他那四个轮子的手推车回到了森林中的小屋里。回家之后，戴德给他的两只猎犬喂了点吃的，然后坐在窗边望着窗外的黑夜，一会儿之后，他就去睡觉了。

第二天早上，天还没亮戴德就起床了。他到狗舍那里给两只猎犬的盘子里装满水，然后给自己做了早餐，顺便打包了一份作为中餐。吃完早餐之后，戴德把午餐放进背包里，背上背包朝着山里走去。这次，他又朝着思达尔上次破坏陷阱的地方走去，他想去碰碰运气，看看能不能找到思达尔，顺便去找找能卖钱的药草。那些可以用作药材的植物往往就生长在意想不到的地方。戴德知道这一点，所以他经常会非常仔细地搜索一块地方，一点一点地找，不漏掉任何一个角落。虽然之前戴德已经多次去过他认为是幽灵狐狸思达尔活动范围的地方，但是他并不介意再去一次，说不定还能找到一些值钱的西洋参或金印草根呢！

一整个早上，戴德都在四处寻找药草，但是几乎没什么收获。很快就到了中午，戴德找了个有很多石头的地方坐了下来，开始吃午餐。戴德拿了一块三明治正准备往嘴里送，可是他张开的嘴巴半天没有合拢。原来就在戴德前面不远的地方，一只很大的公狐狸正悠闲地在石头中间走着，嘴里还叼着一只没有长大的兔子。戴德一动不动，他知道现在自己只要稍微动一动就会把那只狐狸吓跑。那只狐狸慢慢地走到一块斜着的大石头那里，放下了嘴里的兔子，在中午火热的太阳底下喘着气，一会儿，它又转身去找食物了。直到那只公狐狸离开好几分钟后，戴德才开始动弹。他特别小心地走着，就像一个影子一样，没有发出一点声音。他慢慢地离开了刚才那堆石头，等离开石头堆有四百多米了，才敢正常地走路。

戴德这时候心里兴奋得不得了，他觉得月亮现在站在他那一边了，他的好运就要来了。戴德知道刚才那只公狐狸就是幽灵狐狸思达尔，思达尔的老窝就在那里，而且里面肯定藏着维克还有它们的孩子。其实现在戴德就可以直接到那块大石头那里去，他可以抓住思达尔的孩子们，如果运气好的话，或许还可以抓住维克。但是他并没有那样做，因为他最想抓的是幽灵狐狸思达尔。所以戴德打定主意，要计划好之后再来抓思达尔。

戴德一想到现在月亮终于站在自己这一边，就忍不住开心地笑了起来，他终于等到这一天了！夏天的风是从思达尔和维克住的石头堆往戴德刚才坐的地方刮去的，所以思达尔灵敏的鼻子没有闻到戴德的味道，其实他们之间只有不到100米的距离。如果那个时候戴德带着猎枪的话，他可以连射六枪，思达尔肯定跑不掉。幸运的是，思达尔躲过了这一劫。

第二天早上，天还没亮，戴德就已经来到了昨天他看见思达尔的那个地方，这次他带着猎枪，枪里装满了子弹，戴德把猎枪放在自己的膝盖上。他很小心地呼吸着，生怕发出什么动静，惊动了思达尔。他在等天亮，这样他就可以等思达尔出来的时候朝它射击，他等这个机会真的等了很久。

思达尔现在变得很瘦，都快皮包骨头了，因为现在它不仅要为自己，还要给自己的妻子维克和孩子们找食物。维克现在还是不允许思达尔进入石头缝里，它也不会把孩子们带出来，所以思达尔还没有机会好好地看看它的孩子们，尽管它每天非常辛苦地为它们找食物。孩

子们在一天天地长大，它们长得越快，需要的食物就越多，这种没有止境的索取把维克的身体都快榨干了。

维克饿了就要思达尔给它找食物，孩子们吃的奶越多，维克需要的食物就越多，思达尔给维克找来的食物也就越多，因此思达尔非常辛苦。如果孩子们能趁着夏天长得足够快的话，它们就可以慢慢学到很多生存的技巧，等到今年冬天来临的时候，它们就可以自己照顾自己了。现在，小狐狸们已经可以四处乱爬了，但是因为它们的腿还没长好，所以还站不稳。

维克总是在担心思达尔会跑进石头缝里伤害它们的孩子，所以每当思达尔叼着食物靠近石头缝的时候，维克就会走过去把它找来的食物拿到石头缝里面来，不让思达尔进来。现在维克吃得非常多，还总是觉得很饿，因为它要喂五个孩子。作为幽灵狐狸思达尔的孩子，它们注定要比其他的小狐狸特殊。有一只小公狐狸就和它的爸爸思达尔一样，两只前脚各长了六个脚趾头。它刚出生时，两只眼睛一睁开，还不会走路，就开始在石头缝里好奇地到处爬了。它太小，根本就爬不远，可是它的妈妈维克总是担心得很，每次只要它一动就会把它拉到自己身边，但它还是一次次地想往外爬，这可让维克操了不少心。

有时候，维克会离开它的孩子们一会儿，仅仅是一会儿，而且它也只会去石头缝附近的地方，绝对不会走远。维克会到石头缝外面走一走，跳一跳，来活动活动它身上的筋骨，天天待在石头缝里，让它感觉身体都快舒展不开了。现在，维克来到了石头缝外面，它的孩子们正在里面睡觉，这时，思达尔悄悄地来到了维克身边。维克看见思达尔，立刻往石头缝那里退了一点。作为一个狐狸妈妈，维克本能地认为只有自己可以接近它的孩子们，其他任何动物都有可能伤害孩子们，即使是孩子们的爸爸。但是，思达尔并没有试图靠近石头缝，所以维克也就对它慢慢放下了戒心。思达尔来的时候，维克不再对它张牙舞爪地咆哮了。其实，如果思达尔真的想到石头缝里去的话，它是完全可以进去的。可是思达尔一直没有忘记之前它想进去的时候，维克是怎样疯狂地朝它攻击的。所以思达尔觉得，除非有一天维克主动让它到石头缝里去，不然它还是老老实实地待在外面比较好。

这次思达尔带来了它的战利品，一只麝鼠。思达尔和维克碰了碰鼻子，互相问候了对方。当维克接过思达尔抓来的那只麝鼠走进石头缝之后，思达尔就疲惫地蜷起身子躺在了石头缝不远处的一片月桂树丛下面睡觉，那里是它落脚的地方。在维克生下小狐狸之后的这些天里，思达尔一直把这里当成自己的床。就像以往一样，思达尔睡得并不深，它时刻关注着四周的动静。半个小时之后，思达尔就起来了，它伸了个懒腰，然后张开嘴疲惫地打了个哈欠。

这些天来，思达尔已经把它的领地跑遍了。一开始，它只在石头缝附近找食物。但是时间慢慢过去，食物越来越难找，它就开始

165

往远处跑了。现在这附近能吃的好像都被思达尔抓得差不多了，找食物变得越来越困难。可是维克对食物的需求越来越大，这让思达尔很烦恼，以后该怎么办好呢？思达尔又忙碌起来了，它正翻着一些石头，看看有没有什么新的收获。突然，思达尔停了下来，它闻到了猎人戴德·麦特森的味道。思达尔立刻循着戴德的味道往前走去，发现了戴德之前坐过的地方，还有他离开的方向。思达尔又一路走到了哈格山谷中戴德的小屋那里，发现他并不在山里，这才放心地继续去找食物了。

天还没亮，思达尔爬到山上，走进了一片长得很茂盛的灌木丛里，那里有一些雪兔留下的痕迹。所有的狐狸都知道雪兔是很难抓的，如果一只雪兔用尽全力奔跑的话，它的速度可以超过一只狐狸。但是如果思达尔埋伏起来偷袭雪兔，或者有幸遇到一些刚生下来的小雪兔，那它成功的机会还是很大的。

思达尔在灌木丛里走得很慢，它的尾巴卷在背上，头放得很低，看起来好像是在无所事事地闲逛一样。但是它那灵敏的耳朵正仔细辨别着周围的动静，鼻子也在搜寻着猎物的味道，即使是一丁点儿声音和味道都逃不过它的耳朵和鼻子。果然，思达尔发现了一只很大的野兔，于是它立刻展开进攻，可是它还是让野兔逃走了。因为那只野兔又大又壮，全身都充满了力气，思达尔根本就追不到它。思达尔只好放弃，继续在灌木丛里漫无目的地走着，寻找食物。

突然，思达尔又加快速度往前冲去，它听见了另一只野兔在附近一棵倒下的树旁边啃青草的声音。它也闻到了那只兔子的味道，而且已经预料到野兔会往哪里跑了，所以它一会儿就找到了那只兔子。思达尔的尾巴直直地竖在身子后面，嘴巴张得很大，正准备朝野兔咬过去。吃惊的野兔立刻准备逃跑，可是思达尔早就站在了野兔的前面。看见情况不妙，野兔立刻加快速度朝另一边跑了过去，可是一切已经晚了，因为思达尔马上跳了起来，扑到了正准备逃跑的野兔身上。思达尔脚还没落地，就狠狠地朝野兔的脖子咬了过去。思达尔疲惫地喘着气，它抓住了那只兔子的脖子，然后高高地抬着头，就像打了胜仗的士兵一样。休息了一会儿，思达尔就带着那只野兔准备回去给维克。这次的收获还真不小呢！

　　离石头缝还有一段很长的距离时，思达尔就已经忘记了它刚刚是花了多长的时间和多大的工夫才抓到这只野兔，现在它脑子里只有一件事，那就是它又闻到了戴德的味道。思达尔扔下野兔，立刻往回跑。戴德在思达尔去打猎的时候就去了石头缝附近，现在他正坐在那里，就是他上次发现思达尔时坐的那个地方。思达尔的身体已经开始发抖了，它既紧张又害怕，它知道戴德可能曾经在无意间经过它的窝，可是不会又一次出现在那里。肯定出什么问题了。戴德这次来肯定是有准备的，而且绝对不是什么好事。思达尔静悄悄地在戴德身边绕了一圈，观察着他想干什么，然后神不知鬼不觉地

从另一个很低的地方走进了石头缝，戴德是看不见那里的。思达尔这时候非常担心，因为它闻不到戴德的味道了。但是从现在的情况来看，猎人戴德应该还在那里。

东边的天空慢慢地亮了，太阳就要升起来了。山谷里的风依旧在吹着，这次也是从石头缝朝着戴德的方向吹的。思达尔走到了石头缝那里，饿着肚子的维克正在等着它的食物。看见思达尔之后，维克觉得很奇怪，因为思达尔这次什么食物都没有带回来，于是维克往后退了一步，直直地看着思达尔。思达尔也停下脚步，它抬起一只前脚，然后转过头看了看后面。

它们都没有发出任何声音，害怕把石头缝里正在睡觉的孩子们吵醒。思达尔用自己的方式告诉维克，它们的敌人就在附近，维克立即就明白了。思达尔到石头缝里，这次维克没有阻拦。维克走在前面，带着思达尔去看它们的孩子。小狐狸们正挤在一起睡着，因为这样可以相互取暖，它们身上还是那种刚生下来时的淡淡的绒毛。思达尔用鼻子慈爱地碰了碰挤在一起的小狐狸们——这还是思达尔第一次见它的孩子们。可是这时候，那只最大的小狐狸，也就是那个最像思达尔的长了六个脚趾头的小狐狸立刻朝它爸爸咬了过去。思达尔呢，它毫不犹豫地一把抓住了它。它抓得不紧不松，这样小狐狸既不会掉下来，也不会因为抓得太紧而受伤。思达尔带着那只小狐狸往石头缝外面走去，维克也带着另一只小狐狸跟在了思达尔的后面。

　　天还没有大亮，有点暗暗的，思达尔和维克飞快地跑着，它们动作很小心，没有发出一点声音。穿过石头堆之后，它们走到了远处的一片灌木丛边。现在它们离石头堆已经有很长一段距离了。它们钻进了那片灌木丛的中间，那里有一棵很大的树，枝叶繁茂，向四周伸展着。思达尔出生的时候，这棵树因为被闪电击中，叶子都枯萎了，现在只剩下一个空心树桩，还有一些枯死的树枝。思达尔和维克把两只小狐狸放在空心树桩里面，然后立刻往回跑，它们准备去接剩下的三只小狐狸。一会儿之后，它们接来了另外两只小狐狸。这一次，维克躺到了那四只小狐狸身边，而思达尔则独自消失在了灌木丛里，它是去接最后一只小狐狸了。这时候天已经亮了，树林里的每棵树和每块石头都能看得清清楚楚。途中，思达尔看见一只鹿正在吃草，天空中有一只鹰在盘旋着。还有一只小狐狸在石头缝里。思达尔跑到灌木丛的尽头，停下了脚步，它在思考，在现在这种情况下它到底该怎么做。

　　当思达尔偷偷地跑到一块石头后面的时候，它蹲了下来，尾巴紧贴在背上，耳朵也弯了下来。接着它又走到了另一块石头后面，尽量避免发出任何声音，以防被戴德发现。最后，思达尔来到了石头堆中间的地方，前面有一道长约一米的空隙，它趴在地上慢慢爬过了长在空隙中间的唯一一棵白杨树。不远的地方，戴德还在那里等着，他好像隐隐约约地看见了一团红色的毛，于是立刻握紧了手里的猎枪。就在那个时候，一只画眉飞进了树林里，戴德以为自己看见的是那只画眉，于是放松下来。而思达尔这时候已经来到了石头缝里，它抓住了最后一只小狐狸，准备再回去。这下可没那么容易了，刚才它好不容易才躲过了戴德，现在还要带着一只小狐狸。思达尔再次走到了那个空隙那里。这时候，戴德觉得自己好像看到了什么，他直勾勾地盯着那里，可是接下来什么动静都没有。就这样，戴德在那里傻傻地等了四个多小时，最后他等得不耐烦了，就偷偷地朝那块大石头走了过去。他发现了大石头后面的石头缝，可是那里面什么都没有了。

二　流浪者

当思达尔把最后一只小狐狸接到空心树桩那里和维克会合之后，它们又开始逃跑了。思达尔和维克各带着一只小狐狸，它们又跑了很远的一段路，然后在一棵倒下的大树的一侧停了下来。思达尔和维克把两只小狐狸放在那里，又往回跑到空心树桩那里去接来另外两只小狐狸。之后，维克就陪着那四只小狐狸，思达尔又回去接最后一只小狐狸。

171

聪明的
狐
狸

思达尔用树叶做了一个窝，送到维克身边，然后又立刻离开了。它知道维克现在很饿，但是它现在没有时间去找食物。如果维克真的饿得不行了，它只能自己去找食物。它们现在已经安全了，可这只是暂时的。戴德有两条猎犬，他还是可以带着猎犬找到它们。作为一家之主，不论戴德做什么，思达尔必须保护它的家人的安全。思达尔再次偷偷地回到石头堆那里，但是这次它不用再冒险了，它待在附近的草丛里，通过风中传来的味道判断戴德在做什么。

很长一段时间，戴德坐在那里什么都没做，最后他终于站了起来，慢慢地走到了思达尔它们之前住的石头缝那里。思达尔往前移动了一点点，想看看戴德到底在那里做什么。它看见戴德发现了那个石头缝，接着发现了野猫斯特布的尸体，然后突然转了个身朝着自己的小屋子跑去。思达尔跟在戴德的后面，到了戴德的小屋子附近后，它也不敢走到树林中，因为那样很容易被发现。十分钟之后，戴德从他的小屋子里走了出来。

戴德手里拿着猎枪，还牵着两只猎犬朝着石头缝走了过去。戴德现在非常生气，昨天他要是行动了的话，说不定已经抓住了思达尔的孩子和它的妻子维克，可是居然扑了个空。现在，戴德满脑子想的就是怎么报仇。他知道小狐狸们肯定就在不远的地方，它们跑不远，毕竟小狐狸们现在还不会走路，只能靠思达尔和维克带着它们走，而且它们肯定是不久前才逃走的。戴德现在只想把思达尔的

172

所有孩子都杀了才解气。

思达尔一直跟在后面，它更加小心了，因为戴德这次带了猎犬，它不能让猎犬们闻到自己的味道。还是有一只猎犬发现了维克的踪迹，于是立刻叫了起来，另一只猎犬的鼻子没有那么灵敏，只是竖着耳朵听着周围的动静。当两只猎犬都找到了之前思达尔和维克的逃跑路线的时候，它们沿着踪迹往前冲。戴德紧紧地抓着手里的绳子，跟在两只猎犬后面。

现在思达尔非常担心，它根本没有预料到戴德会紧跟在猎犬后面。它倒是希望戴德让猎犬们自由狩猎，那样它就可以跑到猎犬前面，把它们引到其他地方，保证孩子们和维克的安全。但是现在，戴德和猎犬们在一起，而且戴德还带着猎枪，它可不敢暴露在他们面前，那样太危险了。

思达尔看见戴德带着猎犬来到了它们第一次藏小狐狸的那个空心树桩，戴德仔细地检查了一遍那个空心树桩之后，两只猎犬就带着他朝维克待的那棵倒下的大树那里跑去了。慢慢地，戴德它们越来越靠近维克了，思达尔知道自己不得不行动了。

思达尔一直往下风方向走，这样可以一直闻得到戴德和两只猎犬在什么地方。而现在风向变了，思达尔走到了它早上走过的地方，然后跑进了一边的草丛里。戴德的猎犬们很快发现了思达尔留下的新的踪迹。虽然它们不是最好的猎犬，可是比一般的猎犬还是要好很多。它们闻到了两只狐狸的味道，而且还知道这两只狐狸带着小狐狸，但是它们毕竟是狗，不知道戴德那个时候是想让它们优先找到那些小狐狸。它们就像其他的不错的猎犬一样，放弃旧的踪迹，直接去追踪思达尔刚刚留下的痕迹了。而且它们也知道，它们现在追踪的就是两只狐狸中的一只。

躲在草丛中的思达尔听见了戴德和猎犬们跑来的声音，这正是思达尔的计划，它就是要让戴德和猎犬们跟着自己跑。思达尔又跑到了下风方向，慢慢地前行，尽可能地把戴德和猎犬们引开。就这样，思达尔一路将他们带到了很远的地方。

跑了一段时间，戴德突然意识到有什么不对劲，他知道自己上当了。如果思达尔和维克一直带着它们的孩子逃跑的话，它们是不可能跑这么远的。戴德很了解公狐狸，他知道如果有猎犬追着母狐狸的话，公狐狸一定会把猎犬引开。他的两只猎犬肯定是被思达尔引开了，他们追的根本就不是维克和小狐狸们。意识到这一点之后，戴德立刻带着猎犬们又跑回了空心树桩那里，想从那里开始让猎犬们重新找到维克和小狐狸的逃跑路线。可是这两只猎犬根本就不听话，它们还是固执地想去追思达尔留下的新鲜踪迹，它们都觉得新鲜的踪迹才是正确的路线。于是它们再一次来到了之前的地方，仍然什么都没有发现，猎犬们也很疑惑。戴德只能无奈地放弃了追捕，牵着两只猎犬回到了他的小屋。

思达尔一直藏在戴德房子的那块空地的后面，盯着戴德的一举一动，生怕他再出什么主意去抓维克和小狐狸们。天终于黑了，整座小山都暗了下来，思达尔想，戴德应该不会再有什么行动了，这才放心地去找维克和孩子们。找到维克之后，思达尔和它碰了碰鼻子，互相问候了对方，然后它们都躺了下来，准备休息一会儿。今天它们都累了一天，也紧张了一天。那只最大的长了六个脚趾头的小狐狸爬到了它的爸爸思达尔身边，开始玩思达尔毛茸茸的尾巴。突然，什么也不懂的小狐狸用才长出了一半的牙齿朝着思达尔的尾巴一口咬了过去。思达尔痛得一下子站了起来，但是维克在这里，它也不敢对小狐狸发火，于是走到旁边，重新坐了下来，生气地盯着它淘气的儿子。

　　思达尔不能再休息了，那棵倒下来的树旁边睡不下维克和所有的小狐狸，所以它又站了起来，抓住了一只扭着身体的小狐狸，维克跟在它后面，它们朝着一个斜坡走了过去。

　　思达尔看见一条小溪，它走了进去，过了一会儿，它又从刚才下水的地方爬了上来，往前走了一百多米。之后思达尔又走了回来，它再次走进小溪，不过这次它游到了对岸，走进了岸边的一片铁杉树丛里。树丛中间有一棵巨大的橡树，虽然长得巨大，但树干中间都是空的，所以躲过了伐木工人的斧头。这倒是个好地方，于是思达尔把它带着的那只小狐狸放在里面，接着它和维克又去接其他的

第四章

小狐狸。一个小时之后，所有的小狐狸都被接到了这里。

　　把所有的小狐狸都安顿好之后，思达尔就准备出去找食物了，它和维克一直忙到现在，还什么都没吃。幸运的是，思达尔很快就抓住了一只白尾灰兔，它先把那只兔子带回去给维克，又跑去给自己也抓了一只。那时候思达尔已经饿得不行了，它狼吞虎咽地吃掉了那只兔子。这时候，思达尔又想起了之前它发现戴德时抓到的那只野兔，就又去将那只野兔找回来给了维克。直到第二天早上，思达尔一直待在那棵大橡树的旁边，它总感觉很不放心。它以前也被戴德追过，可并没有像现在这样害怕和担心，还这么累。这次戴德让它太紧张了。

　　两天之后，天还没有亮，思达尔就出发去找食物了，它遇到了戴德留下的脚印，是朝着山里去的，于是它立刻担心地跑回去找维克，生怕它和孩子们出什么事。还好维克和小狐狸们都很安全，什么事都没有发生，思达尔这才放心地去捕猎了。

　　它走进一片灌木丛里，想找到一些兔子。这次思达尔碰到了一件幸运的事。它看见一只很大的雪兔被猎人设下的抓狐狸的陷阱困住了，雪兔的两只前脚都被捕兽夹夹住，看见思达尔走过来，雪兔只能害怕地睁着两眼看着它。思达尔也吃了一惊，往后退了几步。可是一会儿就冷静下来了，像以往一样，思达尔开始检查那个陷阱。让思达尔觉得奇怪的是陷阱并不在小路上，而是在一片只有狐狸才会进去的灌木丛里。思达尔绕着那个陷阱走了一圈，它闻到了戴德的味道。思达尔继续往前走，只要看见地上有裂缝，它就会停下来观察一番，看看那是不是一个陷阱，等确定附近没有戴德的味道的时候，它才敢到下一片灌木丛里去找食物。即使没有闻到戴德的味道，思达尔还是既紧张又害怕。

现在对于戴德·麦特森来说，只要能抓住幽灵狐狸思达尔，他愿意做任何事，付出任何代价。戴德已经在所有思达尔可能出现的范围内布满了陷阱和圈套，他就不相信思达尔那么厉害。

思达尔又一次出去找食物，它看见一只身上长着斑点的小鹿被一个铁丝做的圈套勒死了，那只小鹿的妈妈着急地在小鹿身边低着头，好像在叫小鹿赶快醒来。当思达尔靠近的时候，鹿妈妈生气地冲了过来。思达尔看见情况不妙，立刻逃走了。

现在思达尔好像意识到了一些问题。之前它找到了这个地方，确定这里为自己的捕猎范围，因为这里有很多食物，它可以在这里养活自己和妻子维克，以及它的孩子们。原本这是一件挺好的事情，可是通过这几天的所见所闻，思达尔明白，现在这里充满了致命的危险，而且这一切都是戴德对它的报复。所以，思达尔决定到另外的区域去寻找食物。

思达尔现在去的地方是其他狐狸的领地，但思达尔还是冒险进入了。它知道自己现在很危险，如果被发现了，就必须进行一场争斗。可是思达尔没有办法，同样都是危险，它宁愿遇到另一只狐狸打一架，也比落入戴德的陷阱要好。思达尔知道这片领地是一只名叫派齐的老狐狸的，它是六只小狐狸的爸爸，所以它每天都在忙着给自己的孩子找食物。思达尔走得很快，它打算在派齐发现它之前就找到食物，然后赶紧离开这里。思达尔来之前就已经找好了一条逃跑路线，那条路线可以让它在最短的时间内回到那个空心的橡树桩里，它的妻子维克和孩子们都在那里等着它。今天思达尔的运气很好，不一会儿它就抓到了一只还没有完全长大的野火鸡。当时，那只火鸡正在一根很低的树枝上休息，思达尔很轻松就得手了。思达尔自己先吃了一部分，然后准备把剩下的带回去给维克。维克吃着野火鸡的时候，小狐狸们在维克的身边爬来爬去，懵懂地咬着维克掉下来的火鸡毛。它们还太小，不会吃肉，但它们正在慢慢长大，开始对一切新鲜的事物感兴趣了。思达尔不断地回头看它来时的路有没有人跟来，它现在必须非常警惕，因为它们一家的性命都掌握在它身上。

　　第二天晚上，当思达尔又出去漫无目的地寻找食物时，它不幸地遇到了老狐狸派齐。派齐的体形和思达尔差不多，但是年纪要比思达尔大很多。尽管如此，它还是很强壮，它的皮毛看起来很光滑，透过皮毛，它之前和别的狐狸打架时留下的伤疤清晰可见，在很久之前的一次惨烈的搏斗中，它被对手咬掉了右耳。由此可见，派齐已经在森林里生活了很长时间，见过不少的事情，经验丰富，而且在各种环境的磨炼之下变得很顽强。派齐一看见思达尔闯入它的领地，就愤怒地朝它扑了过去。思达尔还没做好准备，派齐那锋利的牙齿就已经咬到了它的肩膀，而思达尔的牙只是轻轻地划过了派齐仅剩的那只左耳。随后，派齐又立刻朝着思达尔的身体咬了过去。在这危机的关头，思达尔敏捷地往旁边一闪，躲开了派齐猛烈的进攻。其实思达尔很喜欢在打架的时候攻击对方的身体，之前和野猫斯特布打架的时候思达尔就是这样做的，没想到老狐狸派齐也来这一招。

它们都挺直了身体，伸出了各自的两只前爪朝对方的脸抓过去。它们实力相当，所以一直在那里僵持着，直到最后思达尔的左爪在混乱中伸到了派齐的嘴里，派齐立刻狠狠地咬住，思达尔疼得不得了，只能张开嘴朝着派齐的脸咬过去，希望这样派齐会松开它的利齿。终于，在思达尔的突袭之下，老狐狸派齐松了口。思达尔觉得自己继续和老狐狸斗下去肯定占不了什么便宜，于是立刻拔腿逃走了。如果是老狐狸派齐偷偷进入了思达尔的领地，思达尔无论如何也会和它斗到底的，可是现在情况不一样，是它侵犯了派齐的领地，所以从心理上来说，思达尔觉得是自己的错，它也就没有勇气继续下去了，就像一只大狗会从一只守卫自家领地的小狗面前逃走一样。

老狐狸派齐看见思达尔逃走，仍然追着它跑了很长的一段路。当思达尔终于跑出了派齐的领地后，派齐才停下了脚步。思达尔一直往前跑着，直到它确认派齐没有追过来的时候才停下来。现在，想去派齐的领地找食物已经是不可能的了，思达尔只能无奈地朝着自己熟悉的领地走了过去。虽然有危险，可是它和维克都要活下去，它必须找食物，只能冒险了。

这次思达尔又发现了一只雪兔和一只雄火鸡死在了戴德布下的圈套里面。思达尔害怕地在雪兔和火鸡旁边走来走去，观察着它们。但是害怕没有用，它必须面对现实。整个晚上，思达尔都在找食物，当清晨的第一缕阳光照亮天空的时候，它终于为维克抓来了一只兔子。当思达尔把那只兔子送给维克的时候，维克并没有像以前那样立刻就吃起来，因为维克发现思达尔的爪子上受了伤。它知道思达尔每天都很辛苦，没想到这次居然受了伤。小狐狸们都在空心树桩里扭着身体动个不停，呼唤着妈妈。这个时候，维克正轻轻地舔着思达尔被老狐狸派齐咬伤的那只爪子。安慰好它的丈夫之后，维克才开始吃兔子。

休息了一会儿，思达尔又要出去找食物了，这次它不打算进入树林。思达尔很清楚，在自己的领地里，它可以随心所欲地捕猎，但是现在真的太危险了，戴德不抓到它就不会罢休。但是如果侵犯其他狐狸的领地，思达尔又要和它们为捕捉食物而战斗。思达尔想到了另一个找到食物的好办法。它直接走下山，朝着哈格山谷走了过去。思达尔沿着戴德刚走过的路往前走着，还时不时地往前跳跃几步，好像很着急去干什么一样。不一会儿，思达尔就来到了杰克家农场附近的农田边。

　　那时候天还没亮，克罗利农场里没有一丝灯光，也没有任何声音。思达尔首先确认了一下杰克的猎犬桑德并没有在院子里，然后就朝着杰克家的畜棚偷偷地走了过去。畜棚里，马儿正在休息，奶牛们白天被挤了牛奶，现在正咀嚼着白天吃剩的食物。关着家禽的小棚子里传出了一阵阵诱人的香味，思达尔馋得都要流口水了，原来那里面关着鸡、火鸡、鹅，还有鸭。思达尔尽量放轻自己的动作，不发出一点声音，并警惕地闻着风中的味道。思达尔穿过了克罗利农场里的草地，然后朝着很久以前那个暴风雪的晚上，它第一次来克罗利农场偷鸡的那个小房子走了过去。果然，小房子里还有鸡在那里，它们正在自己找的临时鸡窝里睡觉呢！思达尔就像个影子一样悄悄地往前移动，朝着那几只鸡走了过去。它第一次来偷鸡的时候还很年轻，找食物也没什么经验。可是过了这么多年，思达尔已经成了一个捕猎高手，它现在既聪明又狡猾，很少有猎物可以逃出它的手掌心。

　　思达尔知道该从哪里咬起，怎么咬才能不让鸡发出声音，而且能尽快把鸡咬死。果然，思达尔熟练地解决了那只鸡，它甚至没有挣扎。可是当旁边的那只鸡醒过来看见思达尔咬死了它的同伴的时候，吓得大叫起来。只是思达尔那时候已经溜走了。它就像进来的时候一样静悄悄地离开了农场。它并没有朝着维克和小狐狸们住着的空心橡树桩方向跑，而是故意朝着相反的方向逃跑。思达尔跑到一条小溪旁边，蹚过了小溪，跳上了岸，接着又朝着一座小山跑了过去。后来它又蹚过了一条小溪，然后停下了脚步，看看后面是不是有猎犬跟来。等了十分钟后，思达尔没有发现任何动静，这才放心地朝着维克的方向跑了回去。思达尔这次偷鸡并没有被发现，哈格山谷是个很富足的地方，特别是今年，家家户户都是大丰收，所以一两只鸡、鸭，或者是兔子不见了，主人不一定能够发现。

思达尔的孩子们就像阳光下的小草一样健康生长着，它们每天都吃得很多，然后就像无忧无虑的小狗一样，兄弟姐妹之间相互打斗、嬉闹着长大了。看见有蝴蝶在飞的时候，小狐狸们会跳起来去抓蝴蝶；看见有小虫子在地上爬的时候，它们会伸长鼻子跟在后面；它们还想去爬树。当然，只要思达尔闲下来，小狐狸们都会去找它们的爸爸玩耍。如果思达尔躺在地上，小狐狸们就会爬到它身上，咬它的耳朵、尾巴、爪子，爬到哪里咬到哪里。思达尔很无奈，每次受不了的时候，它就会站起来，远远地走到一边。它从来不会咬自己的孩子们，也从来不会伤害它们。这种玩闹有益于它们的成长，因为当它们摸爬滚打的时候，它们的身体和骨头也慢慢变得强壮起来。将来，小狐狸们只能靠自己在这个森林里活下去，弱者是活不了太久的。

维克是一个很严厉的妈妈，但也是一个好妈妈。当小狐狸们追逐打闹的时候，维克总是待在孩子们附近，生怕它们出什么意外。小狐狸们总会在思达尔在的时候欺负它，咬它，特别是那只和思达尔长得很像的小狐狸。有的时候，维克觉得它们不应该那样对思达尔，就会把小狐狸们叫回来。当小狐狸们不听它的话，还继续在思达尔身上咬个不停时，维克就会张开嘴，露出锋利的牙齿吓唬它们。维克自己也会陪着小狐狸们玩耍，无论小狐狸们怎么做都行。随着小狐狸们慢慢地长大，它们的牙齿也变得越来越锋利，嘴巴也越来越大，有时候它们会狠狠地咬到维克，要是思达尔肯定受不了，可是维克每次都会忍下来。

有一次，思达尔又从克罗利农场偷了一只活着的鸡回来，小狐狸们看见之后都非常开心地叫着。平常思达尔偷鸡时都会立刻安静地把鸡杀死，但是这一次思达尔只是将它叼了起来，那只鸡害怕地大叫起来，还想要反抗。旁边的鸡都被吵醒了，也立刻叫了起来，声音很大。正在睡觉的老杰夫和杰克被吵醒了，他们立刻朝着畜棚跑了过来。杰克的猎犬桑德那时候正被长长的铁链拴在菜园里，没有办法跑去抓思达尔。

那时候天还很黑，老杰夫和杰克只知道肯定有什么动物来偷他们的家禽了。到了第二天早上，他们仔细地检查了一遍昨天鸡叫声传来的地方，发现了思达尔那明显的脚印。自从那次之后，老杰夫对鸡舍进行了加固，并且每天晚上睡觉前都会去检查鸡舍，防止思

第四章

达尔再过来偷鸡。老杰夫把思达尔偷鸡这件事告诉了哈格山谷里的其他村民，提醒大家要小心。

那天晚上，思达尔像往常一样隐藏了自己的逃跑路线，把从克罗利农场偷来的那只活鸡带回了家。当小狐狸们都兴奋地从空心树桩里跑出来看的时候，思达尔把那只鸡放在了地上。好奇的小狐狸们立刻都聚集到了那只鸡的四周，它们还不清楚爸爸带回的是什么东西。它们一个个都伸出鼻子闻着，有一只小狐狸凉凉的鼻子碰到了鸡身上，那只鸡立刻吓得拍打着翅膀。这下所有的小狐狸不知道怎么办了，都被吓得跑了好远。可是不一会儿之后，它们又慢慢地聚到了鸡的周围，它们一边用爪子拍打着鸡的身体，一边用鼻子闻着。那只最像思达尔的小狐狸还死死地咬住了鸡的翅膀。那只鸡挣扎着想要从小狐狸嘴里把翅膀拉出来，但是那只小狐狸怎么也不放，其他的小狐狸立刻跟着学，都咬住了鸡。五只小狐狸一起冲向了那只鸡，把它推到了旁边。思达尔没有干预，它是想让它们自己学习，以后它们都要面对很多挑战和危险。

接下来的好几天，聪明的思达尔没有再去杰克家，而是去了伊莱·科特曼家的农场，可是由于老杰夫上次的提醒，现在整个山谷里的人都开始警惕思达尔了。农场主们更仔细地看管他们养的牲畜，因为很多人都发现他们的家禽少了一些。伊莱之前就做好了思达尔来偷袭的准备。所以，当思达尔某天晚上偷走伊莱农场里的一只兔子的时候，伊莱的猎犬立刻追了上去。思达尔发现伊莱的猎犬跟在自己身后，它又开始用平时常用的把戏。但是思达尔很清楚，伊莱的猎犬还是很聪明的，光靠这样的小把戏根本不能甩掉它。于是思达尔使用了一个它还没用过的新技巧。快要靠近一座小山的山顶的时候，思达尔看见了一块石头壁架。那块石头壁架有十多米高，石头壁架的正面有三个思达尔可以落脚的地方。它决定跳到那个高高的石头壁架上，从而甩掉猎犬。因为它知道，伊莱的那只又大又重的猎犬是根本没法跳上那么高的石头壁架的。

思达尔跳到石头壁架上的其中一个落脚点，稳住了自己的身体。它选择的是一块凸出来的石头，那块石头并不宽，但思达尔只要把四只脚聚拢在一起就可以站在上面了。接着思达尔又跳到了第二个落脚的地方，接着是第三个。到了石头壁架后，思达尔又迅速地从另一边下来，然后往山下逃去。而伊莱的猎犬呢，跑到石头壁架那里之后，只能无奈地看着石头壁架发呆，它的确没有办法跳上去，只能眼睁睁地看着思达尔逃走了。

时间一天一天过去，思达尔和维克的孩子们也在一天一天地长大，它们每天都在学习。现在，每只小狐狸都学会了怎么去抓老鼠，它们知道要在草地上用两只前爪一把抓住老鼠，不能让它们移动。小狐狸们也知道了松鸡是很美味的，知道用什么办法可以成功地抓住松鸡。虽然它们现在都还没有抓到过一只松鸡，但是所有的小狐狸现在都会抓兔子了，每只小狐狸都至少抓到过一只兔子。当然，很多时候它们还是会让兔子逃走。让思达尔和维克都很开心的是，五只小狐狸都在用心地学习着，而且学得很快。

三　打　猎

　　雪花是在夜里降落的，悄悄地给大地裹上了一层白纱。天空中布满了黑色的云团，看来大雪就要来临。森林里的树都变得光秃秃的，树叶早就掉光了，当呼啸的北风吹来的时候，只剩下树枝发出咯吱咯吱的声音。山上那些常青树好像也没有了往日的生机和活力，一棵棵都没精打采地在风中摇来摇去。在杰克家的农田里，一捆捆的玉米秆被整整齐齐地堆在那里，枯萎的叶子被厚厚的雪覆盖着，一群颜色各异的鸽子突然从玉米秆堆上混乱地飞了起来。这时候，杰克正在院子里用力地清扫牲畜的饮水槽上结的冰，然后把马儿牵到水槽里喝水。

　　现在对哈格山谷来说是个不错的季节：谷仓里堆满了粮食和干草，每家每户收获的水果和蔬菜都吃不完，每个农民的地窖里都放满了一盒盒女主人精心制作的罐头，架子都快被压弯了。

　　现在，炎热的夏天终于远去了，山谷里的人们都变得空闲起来。

当杰克看到远处的小山的时候，他的眼睛里充满了期待，现在不忙了，他可以带着他的猎犬桑德去抓狐狸了。

现在的杰克可不是当年那个小男孩了，不是那个连选了一只小猎犬带回家都心中忐忑的小男孩了，他现在已经长大了，看见他现在的样子，你完全可以想到他将来肯定能成为一个顶天立地的男子汉。马儿们终于喝饱了水，然后都自觉地往各自的畜栏里走去。杰克的爸爸老杰夫正在清洗畜栏，当一匹马从他身边走进畜栏的时候，老杰夫停下了手里的活，把铁锹立在旁边。其实，老杰夫现在和杰克一样充满期待，因为皑皑白雪让他想起了年轻时去抓狐狸的美好回忆，他也开始有点蠢蠢欲动了。

老杰夫问杰克："你想带桑德到山里抓狐狸？"杰克笑了起来："我想去，爸爸，你和我一起去吧？"老杰夫回答说："这两天我没有时间，杰克·马洛里说他今天或者是明天要到我们家来买几头奶牛，但是你可以去，反正下个星期学校都不上课。"杰克回答说："好吧，等所有农活都做完后，我一个人去试试看。"听杰克说完，老杰夫吸了一口气说："你不知道，以前你还没长大的时候，我都是一个人忙农场里的活儿，所以你不用担心。你就今天去吧，这是今年的第一场雪，你应该会有收获的。让你妈妈给你准备一点午饭，然后立刻出发吧，不然来不及了。"

杰克听完之后很受鼓舞，他说："谢谢爸爸，可是我不想……"

杰克还没说完，老杰夫就催他说："你去吧，今天农场里也没有很多事要做，我一个人能忙得过来。"说完，老杰夫把手里的铁锹靠在了墙边，然后和杰克一起走到了谷仓的门口，看着远处完全被白雪覆盖的小山。之前被惊飞的鸽子们又停在了玉米秆堆上，有几只鸽子飞到了天上，朝着农场的另一边飞了过去。它们落在被白雪覆盖的田地里，忙碌地吃着掉在地上的玉米粒。杰克就这样呆呆地看着鸽子们，突然，他说："好的，如果我和桑德能找到一个——看！"

一只红狐从玉米秆堆那里跳了出来，抓住一只鸽子朝着山里跑了。老杰夫和杰克都看见了这一幕，老杰夫立刻对杰克说："我们赶快去看看！那只红狐说不定在天亮之前就在玉米秆堆那里等着了，真是狡猾啊！"老杰夫的口气好像还有点佩服那只狐狸。杰克也着急地说："好，我们去看看！"

老杰夫和杰克带着猎犬桑德跑到了堆着玉米秆的那块田地里，那些鸽子没有注意到它们少了一个伙伴，仍然吃着玉米。老杰夫和杰克肩并肩地来到了刚才红狐躲藏的地方，地上有几根蓝色的羽毛，是从那只被抓的鸽子身上掉下来的，他们还找到了红狐逃跑的脚印。虽然有的脚印已经变得模糊了，可是老杰夫和杰克一眼就认出脚印是幽灵狐狸思达尔的。老杰夫说："又是幽灵狐狸！"

这时候，杰克的血好像沸腾了一样，他脑子里一直记得带着猎犬去抓狐狸的那种刺激的感觉。杰克抓过很多次狐狸了，有的狐狸还很小，什么都不懂，行动很迟钝；也有精明的老狐狸，它们可狡猾了。但是杰克一直没有追捕过幽灵狐狸思达尔。其实杰克在打猎的时候，也看见过它的脚印，可是那脚印是很久之前留下的了。现在，杰克的眼睛里仿佛冒着光，他高兴地对爸爸老杰夫说："我终于有机会去抓狐狸了！"老杰夫提醒他说："孩子，你可不要把打猎想得太简单了啊！""爸爸，你放心，这个机会是我一直期待的，我会小心的！"

说完，杰克立刻跑回家里，桑德好像和它的主人心有灵犀一样，它也感觉到有什么激动的事情就要发生了。当杰克跑过来的时候，它立刻拖着拴着自己的链子前去迎接。现在桑德已经长得又高又壮了，它跑得很快，动作也很敏捷，它如今的身体状况很适合出去打猎。杰克高兴地拍了拍桑德的头，然后走进了屋子里。他将一把鞘刀插在腰带上，然后穿上一件羊毛夹克，这样打猎的时候就不用担心寒冷的天气了。杰克又在一个口袋里装满了子弹，在另一个口袋里装了一盒防水的火柴。最后，杰克拿起了猎枪，来到厨房。杰克的妈妈正在厨房里忙着，她的丈夫和儿子都这么喜欢打猎，她好像也能体会他们那种激动的心情。很快，杰克的妈妈就准备好了三明治，杰克感激地亲了亲母亲的脸，保证说："妈妈，我这次一定会抓住幽灵狐狸，扒下它的皮给你做一条围巾，到时候你戴上肯定很漂亮、很暖和！"杰克的母亲不放心地说："孩子，祝你好运，记得要

聪明的
狐狸

小心，安全第一啊！"

杰克的猎犬桑德看见主人拿着猎枪走出来，知道他们就要去抓狐狸了，于是它兴奋地拖着拴住自己的铁链，不停地走来走去，等着它的主人。桑德一直在叫着，声音在山谷里回响，传到了远处的小山里。当杰克走过来解开铁链的时候，桑德高兴地在杰克身边转来转去，尾巴摇个不停。杰克抬起头看了看远处的老杰夫，老杰夫已经顺着思达尔留下的脚印往山里走去了，桑德看见了老杰夫，看来它想赶紧追上老杰夫去追思达尔。杰克带着桑德来到了刚才幽灵狐狸思达尔躲藏的地方，桑德认真地闻了闻思达尔的脚印，然后立刻跟了上去。桑德低着头，尾巴好像僵硬了一样竖在身后一动不动，每次桑德认真的时候就是这个样子。过了一会儿，桑德突然叫了起来，鼻子急促地抽着气，它非常大声地叫了出来，朝着思达尔的脚印快速地往前跑去。

杰克终于赶上了老杰夫，然后他们一起赶紧去找跑在前面的桑德，它好像已经发现了什么。一会儿之后，桑德已经消失在了前面的树林里，只有叫声在树林里回旋着，传到了杰克和老杰夫的耳朵里。杰克很有信心地说："这次我要是不抓到幽灵狐狸我就不回家！"老杰夫听见儿子这么说，咧开嘴笑着说："真的吗？好吧，那我就先回去了，你自己要小心啊！"

思达尔和维克的孩子们已经长大了，它们都能够像其他的狐狸一样自己照顾自己，离开父母去独自生活了。自从它们离开之后，思达尔身上的担子就轻松多了，现在维克也可以自己照顾自己。维克并不像它的丈夫思达尔，它做什么事都非常小心，绝对不会主动陷入危险的境地。思达尔有时会很冲动地跑到人类的农场里去偷一些家禽，但是维克从来不会那么做，它知道那样很危险。

现在小狐狸们都已经长大离开了，不需要依靠思达尔了，所以思达尔不用在一个固定的范围内找食物，也不用每次找到食物都要跑回去送到维克和孩子们面前了。其实思达尔已经在克罗利农场附近观察了两天，一直等待着合适的机会出现。昨天，当思达尔靠近克罗利农场的时候，看见农场上方有很多鸽子在飞，还发现那些鸽子飞了一会儿之后就会落到农田里的玉米秆堆那里去吃掉在地上的玉米。

看到这里，聪明的思达尔知道自己的机会来了，它的脑子里立刻冒出了一个好主意。就像老杰夫猜的那样，天还没亮的时候，思达尔就藏在了杰克家农田里的玉米秆堆附近。等到天亮的时候，鸽子们去那里找玉米吃，思达尔只要在原地等着就可以了。猎物到手之后，思达尔跑到一片安全的草丛里躲了起来，它停下脚步开始拔鸽子毛，然后把鸽子吃了。吃完后，它舔了舔嘴巴，吐出了一根夹在它牙齿里的鸽子毛。现在肚子也填饱了，思达尔慢悠悠地朝着远处的小山走去，准备去找它的妻子维克。可是它还没走几步就听见

聪明的
狐狸

了桑德的叫声，声音越来越近，在清晨的森林里回响着。思达尔立刻停下来，看了看后面，它的眼睛里闪着狡猾的光芒，看来它又想捉弄猎犬桑德了。

从维克生下五只小狐狸，直到它们都长大离开，中间的这个过程应该算得上是思达尔这辈子过得最困难的一段时间。那时候，思达尔每天都在想着怎么保证自己的妻子和孩子的安全，怎么避开猎人戴德·麦特森的陷阱和圈套。它找食物的时候也被猎犬追过，但那时它只想尽快地摆脱猎犬们的追逐，然后找到食物回家。可是现在，它没有任何负担了，不用担心会把猎犬引到它的孩子们那里，它想和桑德玩一玩了。于是思达尔立刻往前跑去，不一会儿就消失了。

通过狗叫声，聪明的幽灵狐狸思达尔就知道那是桑德，其实思达尔还是很敬佩桑德的，它知道桑德的确是一只很好的猎犬。虽然思达尔知道很难摆脱跟在后面的桑德，可是它又一点儿都不怕，因为它对自己也很有信心，它相信自己有能力逃走。对思达尔来说，猎犬桑德并不是它真正需要面对的危险，最危险的是桑德的主人杰克。如果猎人们抓到它，它肯定就没命了，所以，不论如何思达尔都不能被杰克抓住。

思达尔突然加快了速度，它发现桑德被远远地甩在了后面，就放松下来，慢慢往前跑，它要储存体力。思达尔穿过一片草丛，来到了一个很高的地方，那里可以清楚地看见整个克罗利农场。接着，思达尔又继续往前走了。

思达尔现在精力充沛，它倒很想跑一跑，活动活动。刚才那只鸽子并不是很大，所以思达尔并没有吃得很撑，它跑起来还是很灵活的。一个小时过去了，思达尔并没有刻意使用技巧来掩藏自己的踪迹。它蹚过一条小溪，暂时中断了自己的脚印，它知道这个小把戏难不倒桑德。思达尔上了岸，走进了一片月桂树丛。它故意扭着身体，来回地走来走去，地上留下了很多乱七八糟的脚印。就这样在地上踩了很久，直到确认桑德也进了灌木丛，思达尔才走了出去。它跑到了一个小山丘，在那里悠闲地等着桑德来破解它布下的迷踪阵。看来桑德要花点工夫才能追上来了。

这个时候，如果是一只普通的猎犬，碰到这样的情况肯定不知道怎么办了，可是桑德不一样。桑德到了灌木丛几分钟后，就知道刚才思达尔在这里做了什么，它很快就识破了思达尔的诡计。桑德并没有仔细地去闻地上留下的杂乱的脚印，它直接走出了灌木丛，然后沿着思达尔从灌木丛出来的脚印继续追了上去。早早地跑在前面的思达尔还睡了一会儿。果然，桑德很快追了上来。于是思达尔又站起来接着往前跑。这次它冒险跑进了一片树林，快速地往前跑着，因为在这样的树林里不好躲藏，并且很容易被发现。

突然，思达尔用尽全身力气转了个弯，朝着旁边飞奔过去。原来，当它走进树林的时候，杰克就在树林里。思达尔看见他的时候，他也看见了思达尔，可是他并没有立刻开枪。因为一切发生得太快了，杰克没想到他就这样碰到了思达尔。等他拿起枪准备射击的时候，思达尔已经不见了，于是他立刻朝着思达尔逃跑的方向追了过去。思达尔这时候只知道往前跑，它没想到这么倒霉，居然迎面碰上了杰克，现在它只想离杰克越远越好，因为它清楚地看见了杰克手中的猎枪。这时候，思达尔又听见从远处传来了桑德的叫声。

桑德虽然没有思达尔跑得快，可是它的耐力很好，它并没有因为思达尔设下各种圈套而放弃追捕，好像不找到思达尔就不罢休。思达尔又蹚过了一条小溪，它知道自己的小把戏并没有困住聪明的桑德。这下，它可要想点办法了。于是，思达尔朝着一个布满石头的沟壑跑了过去。等靠近那个沟壑的时候，它并没有立刻跑过去，因为那里只有几棵树，没有任何草丛，很不利于思达尔躲藏。它在那布满石头的沟壑附近观察着，直到它确定追着它的杰克并没有藏在那里，才用力地跳到了一块石头上面，然后又跳到另一块石头上，接着是第三块。它每跳一次之前，会先估计一下两块石头之间的距离，然后才会往前面的石头上跳。就这样，思达尔跳过了一块又一块石头，穿过了那个沟壑，最后来到了树林里。

桑德还在思达尔的后面锲而不舍地追着，第一次放慢了速度。桑德之前也遇到过很多思达尔为难它的各种小把戏，但这次好像是新的，桑德要花点工夫才能继续追上去。在之前思达尔经过的那个布满石头的沟壑那里，桑德一边大声叫着，好让主人杰克知道它的位置，一边认真地闻着思达尔留下的味道。叫声持续了15分钟，桑德始终弄不明白思达尔的踪迹为何如此变幻不定。

就在桑德迷惑的时候，思达尔经过了一群正在山坡上吃草的鹿，它的味道就和鹿群的味道混合在了一起。思达尔爬上了那个山坡，很快找到了一片灌木丛，坐下来准备休息一会儿。

这时候，思达尔隐隐约约听到远处传来桑德的叫声。通过叫声，思达尔知道它的小把戏并没有把桑德给难住，桑德还跟在它后面。这下思达尔可着急了，它站了起来，在灌木丛里走来走去。这是它第一次这么担心自己会被抓住。要是一般的猎犬，早就迷了路，找不到思达尔了，可是桑德现在还是紧紧地跟在后面。焦急的思达尔立刻加快速度朝着山顶跑了过去。

就这样，从早上到中午，又从中午到傍晚，当太阳快要落山的时候，思达尔整整一天都在逃跑，可是杰克的猎犬桑德依然追在思达尔的后面。思达尔又累又饿，不得不休息一会儿，最好能找点食物吃，补充一下体力。可是思达尔又不敢停下来，桑德还紧紧地跟在它后面呢！

思达尔绕了一个很大的弯，又一次回到了山里，它立刻朝着那个很大的石头壁架跑了过去。那个石头壁架就是今年夏天思达尔为了甩开伊莱·科特曼的猎犬而跳上去的地方。那个壁架的位置很高，

聪明的
狐狸

思达尔觉得所有的猎犬都不可能跳上去，桑德也不可以。思达尔就像上次那样跳上了壁架，它先跳上第一个落脚点，然后是第二个、第三个。可是意想不到的事情发生了。没想到猎人戴德·麦特森之前在那个壁架上设置了一个陷阱，思达尔刚好跳进了那个陷阱。20分钟之后，桑德来到了壁架那里，它不知道怎么跳到高高的壁架上去，着急地在那里叫个不停。

当杰克·克罗利跟着幽灵狐狸思达尔走进山里的时候，他既紧张又兴奋，终于可以有机会去抓思达尔了。杰克心里一直有一种奇怪的感觉，这种感觉他之前也有过，每当杰克觉得自己要交好运的时候，他心里就会有这种感觉。

杰克知道幽灵狐狸思达尔很聪明，肯定很难抓住，他或许要花一天的时间，可能还要追到夜里，甚至明天早上，但是这些对杰克来说都不是问题，因为他的心里很确定，他这次一定会抓到幽灵狐狸思达尔。

杰克跟着思达尔的脚印来到了它之前去过的那个高高的地方，在那里可以清楚地看见整个克罗利农场。杰克站在那里，听了一会儿周围的动静。一般情况下，狐狸们为了摆脱猎犬的追捕都能跑很远的路，现在桑德不知道追着思达尔跑到多远的地方去了，杰克已经不见它的叫声。

可是杰克知道，狐狸们都喜欢绕圈，所以思达尔还是会绕回来的。一般的猎人都会根据自己猎犬的叫声来想各种办法抓狐狸。杰克终于从风中听见了桑德的叫声，从很遥远的地方传来。而此时，桑德正在那个思达尔留下了很多脚印的灌木丛里。接着，桑德的声音消失了一会儿，可是很快又继续响起。

杰克来到一座小山的山顶上，朝着一排阔叶树走了过去。在一棵树那里，杰克安静地停了下来，不敢发出任何声音。杰克知道，正被猎犬追着的幽灵狐狸思达尔一定会往这片阔叶树林跑的。因为他听见桑德的声音越来越清楚，越来越大，思达尔应该靠近这里了，杰克立刻变得很紧张。果然，杰克猜得一点都没错，幽灵狐狸思达尔朝这里跑了过来，一会儿之后杰克就看见了它，立刻拿起猎枪瞄准了思达尔。可是杰克又无奈地把猎枪给放下了，因为一方面思达尔离他比较远；另一方面思达尔并没有继续朝杰克跑过来，它在途中突然转了个弯，朝旁边逃走了。

杰克看着桑德紧紧跟在幽灵狐狸思达尔的后面，他自己走到了一个非常高的地方，在那里几乎可以看见整个哈格山谷。五分钟之后，杰克又听见了桑德清晰的叫声，接着又听不见了。看来幽灵狐狸思达尔一直带着桑德在山上和山谷间绕圈。杰克觉得自己得再去找一个地方。

刺骨的寒风像刀割一样吹在他脸上，他的双手冻得通红。杰克把猎枪夹在胳膊底下，双手插进口袋里，然后快速地往前走着，他

聪明的
狐狸

希望这样身上可以暖和一点。虽然走在寒风中，杰克却咧开嘴笑了起来，因为他现在能感觉到自己要交好运了，这次肯定能抓到幽灵狐狸思达尔。杰克现在非常有信心，他还打算今天晚上就在野外露宿，简单地搭个小棚子。他只带了一份三明治，可能要挨饿，可是这对杰克来说不算什么。只要能抓到幽灵狐狸思达尔，这些他都可以忍受。就像老杰夫说的那样，这次追捕果然没有那么容易。杰克知道这次追捕会成为他生命中非常难忘的一次经历。

现在杰克又听不见桑德的叫声了，他爬到了一个高高的地方，在那里他可以看见附近所有的山。接下来，杰克朝着他最后一次听见桑德叫声的地方走了过去。这时候，山里的温度好像变得更低了，风也变得更冷了，杰克把他穿的夹克又拉紧了一点。天已经黑了，雪还在下，地上的积雪越来越厚，但是杰克根本就不关心，他满脑子想的都是思达尔在哪里。

杰克走了走，又突然停了下来，他好像隐隐约约听见了什么，可是他并不确定那是桑德的叫声还是树枝折断的声音。杰克认真听了一会儿，这下他可以确定是猎犬的叫声。狗叫声越来越大，这也说明桑德正越来越靠近自己，杰克干脆停下脚步，在原地等着桑德过来。其实那个时候，桑德正在两座小山交界的地方，它离思达尔已经不远了。

杰克一直在原地听着桑德的叫声，发现叫声好像是从不远的一个地方传来的，他试着通过叫声来判断那里发生了什么。杰克突然恍然大悟，幽灵狐狸思达尔再聪明再狡猾也是一只狐狸，它并没有杰克想的那么神奇。被猎犬追得很紧的时候，他会寻找一个躲避的地方摆脱猎犬的追捕。说不定桑德已经发现思达尔了。

想到这里，杰克立刻朝着叫声传来的地方走了过去。不一会儿，杰克已经看见了桑德，它正站在一个石头壁架前叫个不停。杰克走到桑德身边，然后抬起头。这一抬头可让杰克吃了一惊，原来幽灵狐狸思达尔正好好地躺在壁架上，它的身体紧紧地贴在上面，一动也不动。杰克爬上壁架，慢慢弯下了身子。透过月光，他看见了思达尔脚上的陷阱。

接下来，杰克就一直在那里站着，他的手摸着桑德的脖子，然后在桑德的脖子上系上铁链，又将链子另一端系在壁架旁边的一棵树上。做完这一切之后，杰克慢慢地朝着他一直期待的幽灵狐狸思达尔走了过去。思达尔害怕地往前跳着，可是它的脚被陷阱扣住了。尽管如此，思达尔还是快速地在杰克厚厚的裤子上咬了一口。杰克不慌不忙地把脚轻轻压在思达尔身上，让它没法动弹。

等思达尔终于老实地在杰克脚底下不再挣扎的时候，他慢慢伸出手抓住了思达尔的脖子，用自己的膝盖压住捕兽夹的弹簧，把思达尔从陷阱里拉了出来。就在捕兽夹松开的一瞬间，他顺手把思达尔往旁边一丢，放开了它。

第四章

聪明的
狐狸

猎人杰克和幽灵狐狸思达尔就这样面对面互相看了一眼，这边是一只勇敢的狐狸，那边是一个真正的猎人。

然后，思达尔就像影子一样跳进了旁边的树林里，消失不见了。

当杰克带着他的猎犬桑德回到克罗利农场的时候，天已经很黑了，杰克把桑德带到屋子后面的走廊上，就是桑德的小屋那里，然后他疲惫地走回了房子里。老杰夫正在看杂志，看见杰克回来了，他问道："孩子，怎么样？""我看见幽灵狐狸了。"杰克回答。老杰夫又接着问："你当时离它很近吗？"接着，杰克讲述了整件事情的经过。

最后，杰克说："这件事就是这样的，只不过我觉得我欠戴德·麦特森四美元的奖金和一张珍贵的狐狸皮毛。"接下来，老杰夫什么也没说，可是他的脑子里想了很多。他看了看杰克被思达尔咬破的裤子，对杰克的妈妈说："孩子他妈，看来你要把杰克的裤子缝一下了。还有，杰克，我想我衣柜里的那条打猎穿的马裤可以给你了。现在你长大了，应该可以穿上了！"